Esta noche, el Gran Terremoto

presente

Esta novela fue escrita con el apoyo del
Programa de becas Jóvenes Creadores del FONCA.

Esta noche, el Gran Terremoto
México, primera edición, septiembre de 2018
Esta noche, el Gran Terremoto © Leonardo Teja 2018

© de la portada: Carla Qua

D.R. © 2018
Ediciones Antílope S. de R.L. de C.V.
Alumnos 11, col. San Miguel Chapultepec
del. Miguel Hidalgo, 11850, Ciudad de México, México
www.edicionesantilope.com

FORMACIÓN
Quinta del Agua Ediciones

ISBN: 978-607-97815-2-1, Antílope

Impreso en México / *Printed in Mexico*

Esta noche, el Gran Terremoto

Leonardo Teja

Antílope

Para Julia, porque me vendió un pastel.

—¿Qué es lo que nos hacía falta? —preguntó el doctor sonriendo al niño. Cottard se agarró de pronto a la portezuela y gritó con voz llena de lágrimas y furor:
—Un terremoto. Pero uno de verdad.

Albert Camus

Es medianoche. La lluvia azota los cristales. No era medianoche. No llovía.

Samuel Beckett

i.

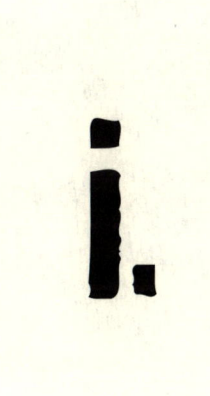

¿Desde cuándo le importa la llegada de ᴇʟ Gran Terremoto a esta Ciudad?

Nunca supe qué responder en esa pregunta de la Encuesta. La dejaba para el final. O escribía algo equivalente a no responderla, algo como "Desde siempre, por supuesto, ¿por quién me toman?". Mucha gente decía con orgullo, o cansancio, que acostumbraba poner cualquier cosa para sacarse de encima el compromiso y nunca les había pasado algo, como amenazaban las autoridades que podría pasarle a quien se burlara de las preguntas de la Encuesta. Con el tiempo la pregunta cambió a "Sin usar SIEMPRE, ¿desde cuándo le importa la llegada de ᵉˡ Gran Terremoto a esta Ciudad?".

Recuerdo que en casa me guiaban, aunque eso iba en contra de las reglas, para responder con quejas disfrazadas, tales como "...la llegada de ᵉˡ Gran Terremoto me importa desde que tengo uso de razón, y por eso no creo necesario que los simulacros nocturnos me saquen de la cama en días de escuela". Para las otras preguntas, siempre, quiero decir, la mayoría de las veces, tuve una libertad absoluta.

Papel moneda,
réplica no negociable

EN LA ESCUELA NO ERA DISTINTO. Desde el tercer grado nos enseñaban la importancia de la llegada de ᵉˡ Gran Terremoto. Recuerdo especialmente a la señorita Susana, tras su regreso de unas largas vacaciones.

Se había ausentado durante todo segundo año para arreglar una dislalia: ceceaba al hablar. Todos lo hacíamos en esa clase, en mayor o menor grado, y por eso nos conocían como el grupo ceceante. Nadie podía escapar de la etiqueta, ni siquiera nuestra profesora: Susana Salmones. Cada vez que alguno de nosotros pronunciaba completo ese nombre, se podía ver la incomodidad en el rostro de la señorita Susana: endurecía la mirada, abría las fosas nasales y apretaba tanto la boca que sus labios palidecían como el ano de un gato. Se había ausentado para intentar corregir el problema y, de ese modo, poder enseñar a un grupo menos estigmatizado; sólo pudo hacerlo parcialmente, y por eso tuvo que regresar a su escritorio frente a nosotros. Eso sí, con el humor avinagrado.

Sin embargo, la gota que le derramó el vaso, como suele decirse, a la señorita Susana, fue la noticia de que, precisamente para el año de su regreso, el Órgano Rector de Educación Básica había decidido quitar los libros de Historia, sustituyéndolos con cajas y más cajas en las que sólo había fajos de billetes. O mejor dicho, réplicas no negociables de cada papel moneda que hubiera circulado desde la fundación de esta Ciudad. Bajo el nuevo sistema, la señorita Susana comenzaba cada clase con una queja sobre el asunto. Decía que así no era posible enseñar nada a nadie y que, encima de eso, no ganaba lo suficiente como para enmarcar y empotrar los billetes con dinero de su bolsa.

No recuerdo cuántos marcos colgaban en la pared del salón. Lo que no se me olvida son los cientos de retratos de próceres que estaban impresos en cada réplica; cada uno parecía mirar algo que sobrevolaba nuestras cabezas, pero sin tener una opinión fuerte al respecto.

PROFA. SS: (*Aburrida, en monólogo didáctico*) A ese hombre del billete de un millón de centavos le debemos patria y soberanía... Al de cuatro con cincuenta y tres, la edificación del Acueducto... El del billete de ochenta y nueve inauguró el Acueducto... El de bigotes y casaca militar, de ¼, destruyó el Acueducto con una sola carga de dinamita y una mula... La mujer del billete de doce prohibió la concepción entre primos hermanos... La de setenta mil fue la primera en leer un decreto oficial con los ojos vendados... (*sus ojos chispean de pronto*) Este hijo de puta no debería estar en ningún billete...

INFANTE CUALQUIERA: (*Impertinente*) ¿Por qué?

PROFA. SS: (*Controlándose para no alzar la voz*) Proscri-

Yo: bió la existencia de los impuntuales.
Yo: ¿Profesora, algún día, alguna cara de alguno de nosotros podría estar impresa en algún billete?
PROFA. SS: (*Sonriente, maliciosa*) A lo mejor, pero la tuya no.
Yo: (*Guardándome su sonrisa en la memoria por el resto de mis días*) ¿Por qué?
PROFA. SS: (*Misma actitud*) O quizá sí, si cuando crezcas dejas de abusar de la palabra "algún".
INFANTE CUALQUIERA: (*Señalando uno de los billetes con marco individual*) ¿Éste quién es, profesora?
PROFA. SS: (*Arqueando las cejas*) Él fue uno de los más importantes.
INFANTE CUALQUIERA: ¿Qué hizo?
PROFA. SS: (*Alejándose del pizarrón sin mirar a nadie*) Tomen dictado; pregunta de examen. Él fue quien predijo la inminente llegada de el Gran Terremoto a esta Ciudad.
Yo: (*Desorientado*) ¿Quién?
PROFA. SS: el Gran Terremoto.
Yo: (*Familiarizado*) Ah, sí. Él.
INFANTE CUALQUIERA: Nunca he sabido cómo se escribe, profesora.
PROFA. SS: (*Hiriente*) Ay, por favor, pues así: como se escucha.
MISMO INFANTE CUALQUIERA: (*Casi arrepentido, temeroso*) ¿Podría deletrearlo?
PROFA. SS: (*Como tarabilla*) Sí: GE, ERRE, A, ENE espacio, TE, E, ERRE, ERRE, E, EME, O, TE, O punto.
OTRO INFANTE CUALQUIERA: Más lento, por favor.
PROFA. SS: (*Acompañando cada sonido con un golpe en el*

escritorio)
GE
ERRE
A
ENE espacio
TE
E
ERRE
ERRE
E
EME
O
TE
O punto.
INFANTE CUALQUIERA: ¿Puede escribirlo en el pizarrón?
PROFA. SS: (*Resignada*) Tú misma pasa a anotarlo.
INFANTE CUALQUIERA: Oiga, ¿qué rima con terremoto, profesora?
PROFA. SS: (*Autómata*) Pues, zigoto.
INFANTE CUALQUIERA: ¿Qué más?
PROFA. SS: (*Como repitiendo los metales inertes de la tabla periódica*) Roto, reboto, copiloto, abarroto.
INFANTE CUALQUIERA: ¿Qué más?
PROFA. SS: (*Como repitiendo las indicaciones para cobrar un cheque*) Control remoto, voz y voto, Reino de Lesoto.
YO: (*Sin más espacio en la hoja*) ¿Qué significa inminente?
PROFA. SS: (*Mirando su reloj pulsera*) Eso sí es muy básico, no puedo regresarme tanto. Por hoy termina la lección de Historia, vayan a recreo.

¿Habla ᴸᴬ Posteridad?

De ninguna manera, ella
no puede contestar.

                      Pero es urgente.

Imposible; fíjese que lleva
mucho tiempo en cama.

                ¿Se puede saber por qué?

Ha sido sobornada de
gravedad.

              ¿Por quién? ¿Qué la hizo
                  cambiar de opinión?
              Siempre nos ha parecido
               tan dueña de sí misma.

Estaba fingiendo,
tiene que guardar la com-
postura ante todos ustedes;
pero se muerde las uñas
desde la promesa
de ᵉˡ Gran Terremoto.

                     ¿Qué le prometió?

Que vendría, que estarían
juntos.

Creyó ambas en el mismo instante.

Poco, pero sin tregua.

Lo mismo preguntó ella.

...

¿Palabras textuales?

"...en la primera oportunidad que se presente, querida mía."

Esas son dos promesas.

¿Cuánto tiempo le prometió que estarían juntos?

¿Y cuándo le dijo que vendría?

...

Y ¿qué respondió?

...

Cíclope

La primera llamada al simulacro nocturno me sorprendió acodado en la barra de la cocina, a un metro del teléfono alámbrico y a pocos centímetros de una taza de café que se había enfriado en el trascurso de la tarde. Hasta ese instante caí en cuenta del tiempo que había matado leyendo sobre los distintos tipos de recepcionistas que existen en los hoteles. Eran veintitrés y cada uno encerraba subcategorías, de acuerdo con los autores del manual.

Aproveché la pausa entre la primera y la segunda llamada del simulacro para ir al baño y ventilar un poco el cuarto. Al llegar a la ventana no quité de inmediato el seguro, primero ojeé a través de las persianas. Tres pisos abajo, en la calle, las maniobras para cerrar la avenida principal comenzaban. A pesar de la hora, se había formado un cuello de botella con autos que no tocaban el claxon. Cuando el último convoy cruzó la cinta asfáltica, su velocidad me pareció constante, como si los conductores hubieran dejado el movimiento de sus vehículos en manos de un poderoso imán que los atraía desde el otro extremo de la vía. En las banquetas, algunas personas ya habían apartado un lugar en el simulacro; antes de la tercera llamada, la calle estaría abarrotada de sillas plegables, una que otra tienda de campaña y algunos atalayas improvisados en los semáforos. Debido al ángulo de mi ventana, todas las cabezas que veía me parecían de niños desgreñados por el sueño, obligados a levantarse en la madrugada para presenciar la llegada de ᵉˡ Gran Terremoto; algunos sí lo eran, pero otros eran calvos, o canosos, y entonces terminaba la confusión para mí.

Quité el seguro y subí las persianas. Se inyectó una franja de luz en el cuarto, que atravesaba la cama y se detenía justamente en la puerta del baño. La luz provenía de la marquesina del hotel de enfrente. Me dejé encandilar unos minutos.

Cuando sonó la segunda llamada del simulacro, comenzaron a encenderse más luces de los pisos de abajo del hotel. Imaginé que una pareja de amantes había prendido la luz para cerciorarse de la limpieza de la habitación o, tal vez, para verificar que no olvidaban nada. Miré hacia la calle nuevamente y reconocí a más vecinos, algunos se habían juntado en parejas para repasar el guión del simulacro, iluminaban las páginas con cerillos, sincronizaban las cabezas en pequeñas negaciones. Tras unos segundos el cerillo se apagaba, debía ser, en los dedos de alguno, yo escuchaba la queja de dolor y la escena quedaba a oscuras. Por lo menos hasta que se encendía otro cerillo y los vecinos regresaban a la lectura. Tras unos segundos el cerillo se apagaba, seguramente, en los dedos de alguno, yo escuchaba otra queja de dolor y la escena se repetía. De vez en cuando alguien alzaba la voz, alguna línea del diálogo en el simulacro, pero a mi ventana sólo llegaba un sonido ininteligible.

Después de un rato de observar, me alegré de no tener un papel importante en el simulacro de esa noche: tenía el de un hombre que desconoce la hora de su segunda entrevista de trabajo y la llegada de ^{el} Gran Terremoto lo toma al pendiente del teléfono. Las ganas de orinar me apartaron de la ventana, pensé que la administradora del hotel no se atrevería a comunicarse antes de la tercera llamada ni durante el simulacro. Lo mejor sería tomar un baño y esperar enfundado en una camisa limpia, listo para salir en cuanto ella me lo indicara. Dejé correr el agua de la regadera para que se entibiara un poco. Desnudándome, pensé que no existía un mejor horario para que ^{el} Gran Terremoto llegara a esta Ciudad. Si yo fuera él, evitaría el barullo en las calles y me concentraría en visitar a los insomnes, porque no conozco una espera más honesta que la que nos convierte en cíclopes tras las persianas.

Croquis

La primera entrevista de trabajo había carecido de formalidad. O, quizá, yo la recordaba así, como un encuentro ríspido con la administradora del hotel: tras pastorearme con la mirada hasta la recepción, ponerse unos lentes y escuchar que me interesaba la vacante de recepcionista, aquella mujer se limitó a preguntar cómo me llamaba y dónde vivía. Decidí entrar a su juego y deslicé sobre el escritorio una solicitud de empleo donde estaban esos datos, pero ella ignoró el gesto decididamente. Repitió sus preguntas mirándome por encima del bisel de sus lentes. Cuando terminé de hablar, tomó un lápiz, alisó varias veces una servilleta con el dorso de la mano y dibujó un triángulo escaleno. Lo examinó unos segundos, hizo correcciones, quedó satisfecha con su trabajo y metió la servilleta entre las páginas centrales de un libro que llamaba mi atención por amarillento y descuadrado, así como por su grosor. Era el *Manual de procedimientos para la llegada de* [el] *Gran Terremoto del Gremio Ciudadano de Alojamiento Nocturno*. Me lo acercó sin dejar de mirar el cuello de mi camisa o algo en esa misma dirección.

Dijo que estudiara el manual a fondo, que nos veríamos de nuevo en dos días. El proceso de contratación seguiría, pero ya no en el hotel sino cruzando la avenida, en uno de esos cafés de chinos que son famosos por dar servicio las veinticuatro horas. Hojeé el manual y encontré la servilleta totalmente planchada entre las páginas 354 y 355. Se trataba de un croquis donde se unían tres puntos, el hotel, mi edificio y el café de chinos, nada más.

Antes de que pudiera preguntarle a qué hora sería la segunda entrevista, la administradora del hotel me dijo que eso era todo, que estuviera al pendiente del teléfono y le dio unas palmaditas a la solicitud que se había quedado a su alcance todo ese tiempo.

"Prólogo" en *Manual de procedimientos para la llegada de* ᵉˡ *Gran Terremoto del Gremio Ciudadano de Alojamiento Nocturno*

Querido y futuro recepcionista

    Una de las razones por la que estás leyendo ahora mismo este manual es porque aún no llega ᵉˡ Gran Terremoto, pero, al igual que mucha gente allá afuera, sigues pendiente de las señales, participas en los simulacros, en la Encuesta, en los concursos, en las colectas, en las cadenas de oración, en las brigadas y, cuando duermes, no reprimes aquellos sueños en los que ᵉˡ Gran Terremoto te visita, cuando desde tu cama te da la impresión de que entra por la ventana y camina ruidosamente por tu sala, hurga en la cocina, se va al baño, abre la regadera y prende el foco del lavabo para revisar el estado de sus amalgamas y, como nosotros, has ido más allá y te has unido al Gremio Ciudadano de Alojamiento Nocturno.
    Déjanos felicitarte porque quizá no sólo estás seguro de que ᵉˡ Gran Terremoto llegará, sino de que te gustaría ser quien lo reciba, quien coordine su estancia y su descanso en el hotel donde trabajas ahora. No es poca cosa, imagina la lotería; sin embargo —no te vamos a mentir— a veces será muy ingrato tu trabajo. Habrá engaños, y toda clase de situaciones que te pondrán a prueba. Aun-

que es sumamente sencillo evitarlo, ten en cuenta que podrías terminar tus días en la cárcel. No te preocupes, te vamos a ayudar. Por eso hicimos este manual. Para ti, futuro recepcionista, en quien desde ahora depositamos nuestra confianza incondicional. No lo uses como paraguas, pero, sobre todo, no te dejes engañar, tú no.

Sin intención de adelantarnos, sólo de antojarte la lectura, te diremos que la presente edición tiene ventajas sobre las anteriores: ahora puedes revisar al final del volumen el apéndice de testimonios de personas que aseguran haber visto a [el] Gran Terremoto. Hemos ampliado el catálogo de familias tipográficas que podrás utilizar en la banda de bienvenida. Continúa así, no claudiques, aunque esperar a [el] Gran Terremoto pueda sentirse como una noche interminable de insomnio. Vas a estar bien.

Así lo esperamos nosotros. Los autores de este manual. Saludos fraternos.

Llamada breve

Con el señor Pirita.

> Sí, él habla.

¿Todavía le interesa ser nuestro recepcionista?

> Sí.

¿Entonces por qué dejó sonar tantas veces el teléfono?

> Estaba en el cuarto, secándome entre los dedos de los pies.

Es una pena, porque comenzó a llover.

> Tengo un paraguas.

No es para tanto. Dígame, ¿tuvo oportunidad de estudiar el manual?

> Sí.

¿Tiene el croquis que le di?

> Sí, aquí está.

¿Podrá interpretarlo para llegar en veinte minutos?

Lo veo en quince minutos, entonces.

Sí.

Paraguas

Resbalé en la escalera antes de alcanzar la salida del edificio. Ninguno de los vecinos se había ocupado en secar los escalones al término del simulacro. Mi primer instinto, al estar parado en la llovizna, fue cubrirme la cabeza con el manual. Luego recordé dos de las recomendaciones que los autores incluyen a lo largo del tomo: no despegarse de las páginas del manual, por lo menos hasta que uno fuera capaz de repetir sin errores qué hacer en caso de que el Gran Terremoto llegue a hospedarse en una de las habitaciones, y la de no usar el manual como paraguas. De mala gana recorrí un hoyo a mi cinturón y acomodé el mamotreto entre mi espalda y el pantalón.

El café de chinos me esperaba a unos trescientos metros a la izquierda de mi edificio; al final la lluvia no era muy tupida, incluso sentí cómo una frescura eléctrica me reanimaba el cuerpo. En el camino tropecé con un paraguas, estaba abierto y con el mango apuntando hacia el cielo. Algunas de las varillas habían perforado la tela y eso evitaba que la parte más honda se anegara. No es extraño encontrarse objetos cubiertos de confeti, estropeados y sin dueño en medio de la calle después de un Simulacro a la llegada de el Gran Terremoto. La gente pierde cosas todo el tiempo y no se da cuenta hasta que la adrenalina baja. Pensé en mi propio paraguas, que me estaría esperando junto a la ropa, colgado en el tubo del clóset, como un murciélago que toma la siesta.

Segunda entrevista de trabajo

Yo conocía el café de chinos: en todo momento lo gobernaba un olor a pan recién hecho, y la tiranía del amarillo no se limitaba a la fachada ni al uniforme del personal. A esas horas, solía haber varias mesas ocupadas, sin embargo, no se hubieran necesitado más de tres para acomodar en ese momento a todos esos comensales juntos. En los primeros metros el mesero que yo siempre había juzgado como vanidoso, no sé por qué, me salió al paso; tenía una boca excesivamente pequeña. Cuando me lo llegaba a encontrar en los simulacros, lo imaginaba ocupando parte de sus descansos encerrado en el baño, dándole pequeños besitos al espejo. Quería saber si yo iba a comer algo, o si sólo estaba ahí para una segunda entrevista de trabajo, *como los demás*. En tal caso había un consumo mínimo que incluía las cocas de la encargada del hotel, pero no los sobres de azúcar ni la propina.

¿Ya está aquí la encargada del hotel?

El mesero torció los ojos al escuchar mi pregunta, agregó que debía ir de inmediato ahí, y señaló a la única mujer sentada en uno de los gabinetes acolchados donde acomodan a las familias durante el día: ni más ni menos que la administradora del hotel, quien tenía las narices metidas en un montón de papeles sueltos por la mesa. El mesero fue a la cocina serpenteando entre las sillas con la velocidad habitual de su gremio.

Desde la primera entrevista había sentido que una desconfianza silenciosa, pero evidente, circulaba entre la administradora del hotel y yo. Como si nos hiciéramos las mismas preguntas incómodas acerca del otro y las respondiéramos con información propia. Cuando estuve lo suficientemente cerca como para hacerme presente, ella reparó en mí y comenzó a revolver los papeles en la mesa, algunos sobres de azúcar cayeron al piso sin que ella se ocupara de recogerlos. Sonrió al encontrar un fólder debajo de un vaso con melaza oscura en el fondo. Entendí que la sonrisa era enteramente para sí misma. Le estreché la mano y me senté.

Ya sé de dónde lo conozco a usted, señor Pirita.

                Sí, nos vimos hace dos días y me dio este manual para que…

· Era 1996.

                Perdone, pero yo tenía ocho años y…

Y participó en el Concurso escolar de dibujo a la llegada de ᵉˡ Gran Terremoto. ¿Me va decir que no se acuerda?

Recordaba los concursos, pero no supe qué decir hasta que, del fólder que había rescatado de la mesa, ella sacó una bolsa hermética-traslúcida que me puso a la vista sin dejar que la tomara. A pesar de las marcas rojas, y de que un montón de notas, probablemente de los jurados, saturaban la hoja, pude conocer uno de los dibujos que había hecho bajo la tutela de la profesora Susana. El dibujo no era horrible pero tampoco había sido lo suficientemente bueno. El cañón de un revólver se asomaba del bolsillo de la camisa de ^{el} Gran Terremoto.

> Comprendo por qué no gané.

Fue finalista. La idea de un plátano madurado en el bolsillo nos agradó a todos. Yo fui jurado ese año.

> ¿Y por qué no gané, entonces?

No alce la voz; no me haga pensar que es usted un idiota. Le hice un favor. Yo lo gané en el 76.

> ¿Entonces los rumores son ciertos?

Cambiemos de tema. Le cuento luego, tal vez en otra entrevista, si es necesaria. Ahora dígame una cosa, ¿piensa que el hecho de que estemos aquí sentados quiere decir que la vacante es suya?

> Me dio el manual para que
> lo estudiara.

Sólo quiero que sepa algo, señor Pirita: el anterior recepcionista resultó ser un incompetente y, a menos de que llegue ^{el} Gran Terremoto pronto, terminará sus días en la cárcel. Sospechamos que sus padres eran primos hermanos. Pero dígame por qué quiere ese puesto en el hotel, ¿por qué precisamente ese? Tenemos más. Un cocinero, por ejemplo, prácticamente no hace nada, nunca aparece, jamás he visto que alguien le pida siquiera un huevo frito.

> Vivo cerca y…

Eso ya lo sé. Convénzame de escogerlo a usted y no a otra gente; mire a su alrededor. Todos estos son elegibles. Por ejemplo, la muchacha de la falda que está en la barra. Fíjese cómo desmenuza el pan antes de metérselo a la boca. Me encantaría tener esa ceremonia en la recepción, pero no me lo permito, señor Pirita. Imagine que llegara ^{el} Gran Terremoto y encontrara migajas en mis comisuras.

> Entiendo.

No es cierto, señor Pirita. Y le voy a decir por qué. Viene aquí, a jugarse la carta de que vive cerca cuando sabe perfectamente que el peligro de llegar tarde es sólo para usted. Vea a ese hombre robusto de la esquina. Dijo que era muy fuerte y yo le creo, se le nota en todo ese pelo que ha perdido por la testosterona. Además, vive aún más cerca. El croquis que le hice casi forma un triángulo obtuso. Para que me entienda mejor, mientras que usted tiene que hacer una ele mayúscula para llegar al hotel, él sólo tiene que hacer una ele minúscula. Nos sería muy útil si ^{el} Gran Terremoto llega con mucho equipaje, o muy borracho o si hay que arrullarlo en brazos para que concilie el sueño. ¿Comprende?

> Bueno… la razón por la que quiero el puesto es la posibilidad de ver mi cuarto desde la marquesina del hotel todos los días. La verdad.

En ese momento, la administradora del hotel estaba tan cerca que pude ver mi reflejo, diminuto, en sus vehementes ojos pardos. Apretó los labios, como la señorita Salmones hacía con su boca, como los gatos hacen con el esfínter.

El puesto es suyo. Desde el
principio lo fue, sólo
quería cerciorarme de
algunas cosas. Continúe
con el manual, memorícelo para mañana y póngase
una camisa que no huela a
encierro.

¿Y toda esta gente?

37

¿No le parece que a los
solitarios los deberían
sentar todos juntos en una
misma mesa?

                                      Yo...

Exacto. Usted. Estábamos buscando a alguien como usted, señor Pirita. Alguien mediano, medianito. El trabajo es muy simple, no abandone la lectura del manual. En caso de que cumpla nuestras expectativas podemos renegociar el sueldo.

                                  ¿Cuál es el sueldo?

Lo vemos después. Usted paga la cuenta.

                              Pero nunca me trajeron
                                              nada.

A mí sí. Tres cocacolas.
Que no lo engañen,
siempre cargo mi propia
azúcar.

                            ¿Ya terminó la entrevista?

Sí. Con su permiso.

Concursos escolares de dibujo

Era cierto. Igual que todos los niños de esta Ciudad, yo había participado en las convocatorias de esos concursos. Las bases eran puntuales y tomaban una importancia mayúscula cuando la profesora Susana las leía lenta y ceceadamente; buscaba, sobre todo, que entendiéramos la diferencia entre los concursos de las predicciones sobre la llegada de ᵉˡ Gran Terremoto, de los de los próceres de esta Ciudad, de los de los padres, los de los abuelos, los de los peces dorados, los de los artistas extranjeros del momento y los de las semillas que no era conveniente ingerir. Cada año, el Órgano Rector de Educación Básica premiaba los mejores trabajos de los alumnos de primer ingreso con un diploma y un boleto en primera fila para la temporada de *Simulacros* de la Compañía de Teatro de esta Ciudad.

Había oído decir que para evitar que los jurados abandonen el trabajo argumentando tener cosas mejores que hacer, se les amenaza con publicar, en la portada de los periódicos de mayor circulación, los dibujos con los que ellos mismos ganaron el concurso cuando eran niños. Entonces, aterrados, y sintiéndose unos canallas por ser ellos quienes estigmatizan a los próximos jurados, se coordinan para que el dictamen quede lo mejor hecho posible; acuden a las premiaciones, felicitan a los ganadores, posan para la foto del recuerdo, leen con un poco de envidia los nombres de los participantes que ganan menciones honoríficas y que no tendrán que ser jurados en el futuro.

También había oído decir que, al término de la jornada, reciben un cheque con tres ceros y un sobre color beige membretado con el escudo de armas de esta Ciudad en cuyo interior está, precisamente, aquel dibujo con el que ganaron alguna vez el concurso. Hay historias sobre algunos que se van directo al baño para destrozar ese papel amarillento o comérselo ahí mismo; otros esperan a llegar a su casa para incinerarlo en el calentador de agua. Dicen que, si durante el brindis de la premiación algún sobre llega a extraviarse, el pobre diablo descuidado se condena a vivir el resto de sus días bajo el temor de contestar el teléfono y recibir un chantaje de quien tuviera el dibujo donde estaba inmortalizado un cielo rojo, o un plátano madurado en el bolsillo, o cualquier otra de las predicciones que la gente suele decirle a los niños, para darles ideas, mientras piensan que les hacen algún favor.

Gente que asegura haber visto a ᵉˡ Gran Terremoto. Anexo del manual

Anselmo Peralta. Estudiante de arquitectura. 22 años. Sonríe con todos los dientes cuando está nervioso. Se acuesta tarde:

"Estoy convencido de que la otra vez ᵉˡ Gran Terremoto visitó mi departamento. Quién más si no. Yo dormitaba entre las sábanas dejándome llevar por la sensación de estar completamente desnudo. Había estado pensando en otras cosas que también me parecían distintas si se hacen sin ropa. Por ejemplo, bañarse con ropa *versus* bañarse sin ropa; rascarse un pezón; o recostarse bocabajo en la arena; o esperar la lluvia desde un pedazo de pasto recién cortado. Pensé en cómo podría diferenciar a una empleada doméstica de su señora si las dos corrieran desnudas por la sala. Nadar también se me antojó distinto con o sin ropa; en lo último que pensé fue en un xoloitzcuintle saltando a una fuente. Entonces abrieron la puerta de la estancia.

"Quien haya sido, la deslizó pero no volvió a cerrarla. Los primeros pasos que escuché no me asustaron, tampoco los que siguieron porque casi de inmediato quedé convencido de que se trataba de ᵉˡ Gran Terremoto; quién más si no él, era la hora en que dicen que puede llegar. Seguí su caminata por el departamento tan sólo por los sonidos: de la estancia a la cocina, directamente al grifo del que quizá bebió sin usar vaso; luego atravesó el pasillo que lleva al baño, se detuvo frente a mi puerta, tomó el pomo sin girarlo; después siguió al baño; prendió la luz del espejo, quizá para revisar el estado de sus amalgamas o el contorno de las ojeras que dicen que tiene; abrió la regadera, pero no se movió del lavabo. Al terminar de asearse rehízo el camino sin detenerse en mi puerta, pero sí cerrando la de la estancia.

"Todo regresó al silencio habitual. Por supuesto que yo seguí desnudo y miraba distintos ángulos del techo sin saber bien a bien si estaba enfocándome en algo."

SALOMÓN VELÁZQUEZ. Redactor. 35 años. Poco encorvado y fotosensible, cuando sale al sol parece estar esperando un golpe a traición y por la espalda:

"La única vez que he comprado un tubo de Preparación H fue un miércoles a las 19.42 h, según el ticket del supermercado. El teléfono había sonado varias veces en la madrugada, hasta que me decidí a contestar. Estiré el brazo izquierdo hacia el buró, me acuerdo que hacía frío. Contesté un poco molesto y una voz entrecortada me avisó que un amigo, muy cercano, acababa de morir embestido por una tonelada de acero gobernada por un motor ocho cilindros; la patente de fabricación debía hallarse resguardada en la bóveda del Edificio Chrysler, en Nueva York.

"La voz que salía del aparato me daba los pocos detalles del incidente: también había muerto una chica que yo no conocía, pero que mi amigo decía amar a tal punto de perseguirla entre las avenidas tras un disparate de ebriedad. Los dos habían llegado puntuales a la coincidencia del acero, y ni siquiera hubo la necesidad de llevarlos al hospital porque ya no tenía caso. La voz me avisó del homenaje que les harían, durante unos minutos, en la radiodifusora local. Yo sería el encargado de fabricar un texto a manera de epitafio. Colgué. En ese momento, acostado en mi espalda, sentí la primera punzada, venía de un epicentro inédito: el esfínter.

"Me puse a escribir el epitafio en cuanto colgué, pero el texto no valía ni el zapato que había perdido mi amigo al momento de estrellarse contra el pavimento. Sin esperar a que la impresora terminara su trabajo, salí hacia el único supermercado que había en el barrio donde vivía. En la fila de la caja vi por primera vez a el Gran Terremoto; unos lentes oscuros colgaban del tercer botón de su camisa. Lucía impaciente y las ojeras otorgaban severidad a sus gestos. Un empacador se empecinaba en meter un tubo de Preparación H en una bolsa biodegradable, pero el Gran Terremoto se negaba a ultranza mientras esperaba a que el cajero le entregara el váucher. Cuando el tubo de preparación H estuvo en su mano, como una especie de trofeo, el Gran Terremoto garabateó su firma sin despegar la pluma del váucher. Después, salió del lugar dando grandes zancadas y no lo volví a ver.

"Entonces fue turno de la mujer que estaba entre nosotros dos. Parecía metódica por la manera en que había acomodado la compra del día en la banda transportadora. El cajero había dejado el váucher de el Gran Terremoto clavado junto a otros. Mientras esperaba mi turno pude ver con detalle la firma de ^{el} Gran Terremoto; más que su nombre, el trazo parecía la sección de un electrocardiograma."

Jordi Celorio. Verificador Jr. de autos ligeros. 30 años. Además de afirmar haber visto a ^{el} Gran Terremoto, cree en ovnis:

"La vez que vi a ^{el} Gran Terremoto, estaba sentado al borde de una silla de respaldo recto, él, quiero decir. Se estiraba como gato intentando mantener quietos los pies de una desnudista que bailaba sobre el escenario. La gente suele poner ahí sus tragos, pero a mí no me gusta. Prefiero traerlo en la mano, aunque se caliente más rápido. El lugar estaba poco iluminado, los meseros se movían como animales nocturnos. Algunos usaban lamparitas.

"Cada vez que ^{el} Gran Terremoto lograba inmovilizar el talón de la desnudista, se apresuraba a contarle los dedos del pie, como si no supiera que raras veces son más de cinco. Entonces ella interrumpía brevemente el espectáculo, pero a nadie le importan esas cosas, la ejecución de la coreografía, ¡bah! Para ese momento la parte superior del vestido ya debe colgar debajo de unas tetas pesadas y redondas. Aullábamos. Cuando la desnudista recuperó el pie de entre las manos de ^{el} Gran Terremoto, éste regresó a sentarse con toda la espalda, invirtió su trago en la boca hasta terminarlo y quedó un rato buscando a un mesero, yo creo que evitaba ver el escenario. Se veía absolutamente triste y borracho. A metro y medio, la desnudista terminó de quitarse el vestido, estaba al centro de la pista. La música y la luz se tornaron suaves y todo quedó en silencio cuando ella se acuclilló. Los que estaban en presencia de sus nalgas quedaron absortos, pero del otro lado, desde donde estábamos viendo ᵉˡ Gran terremoto y yo, el espectáculo era distinto. Alcancé a ver que la desnudista había maquillado la cicatriz de una cesárea que le puenteaba el ombligo y el pubis completamente rasurado.

"La voz que anunciaba las promociones dijo que era el turno de la siguiente bailarina. La anterior bajaba del escenario, ya no tenía esa mirada feral que había mostrado durante su acto. En el último escalón, el jefe de meseros la tomó de la mano y, sin dejarla enfundarse en el vestido, la guió hasta el asiento vacío junto a ᵉˡ Gran Terremoto. Los dejó solos. Hubo algo de honestidad en la sonrisa cuando ᵉˡ Gran Terremoto le pidió que se descalzara. El mesero regresó con un par de tragos y los dejó sobre la mesa. Antes de dejarlos solos se acercó a la bailarina para decirle algo al oído, tomó una servilleta para absorber el hilillo de leche materna que bajaba hacia el vientre de la bailarina, sin que ésta le diera importancia."

Manual de procedimientos

Después del prólogo, el *Manual de procedimientos para la llegada de* el *Gran Terremoto del Gremio Ciudadano de Alojamiento Nocturno* especificaba que el futuro recepcionista debía estar, sin pretexto alguno, al frente de la recepción en punto de las diez de la noche, hacer el recuento de las llaves y verificar que el teléfono del *room service* tuviera línea. El manual que la administradora del hotel me había entregado era anterior al decreto oficial que proscribía la existencia de los impuntuales en esta Ciudad. Por ello el capítulo "Retardos y Tolerancia" había sido arrancado de cuajo, aunque sí figuraba en el índice.

En capítulos generales, los que trataban sobre la convivencia con los demás empleados, el manual decía que de vez en cuando, preferentemente durante las horas de menor tránsito, el buen recepcionista debía mantener "alerta al personal a su cargo". Yo, en lo particular, debía mantener despierto al telegrafista. También debía hablar con la única camarera por la radio para avisarle qué habitaciones tenía que arreglar y ventilar después de la salida de los amantes.

Pero el capítulo al que los autores dedicaban más páginas era el concerniente a la llegada de ᵉˡ Gran Terremoto, por supuesto. Ahí se repetía en varias ocasiones, y con el mismo número de ejemplos y diagramas, la manera en que el recepcionista debía mantener una habitación siempre disponible, lista para recibir en cualquier momento a ᵉˡ Gran Terremoto. No importaba la afluencia o la ausencia de los amantes durante el turno. El incumplimiento de esta regla le traería la desgracia al recepcionista, al parecer. Por más que lo pensaba, no lo consideré gran cosa; me sorprendió que mi antecesor no hubiera podido con el trabajo. Aunque no me agradaba estar de acuerdo con la administradora del hotel a ese respecto, llegué a admitir la posibilidad de que el anterior recepcionista hubiera sido concebido por primos, como ella aseguraba.

ii.

Versiones

En las primeras horas frente a la recepción, me di cuenta de que pocas cosas funcionaban tal y como el manual las describía: el timbre de la caja registradora, la fuerza de gravedad y la prisa en los ojos de los amantes, por ejemplo. Pero había otras cosas en las que el hotel tenía una versión propia, como la manera en que las llaves de las habitaciones regresaban a mi poder una vez que estaban disponibles de nuevo. Cada tanto, después de que una pareja cruzaba el pasillo rumbo al estacionamiento sin voltear a verme, ni mucho menos regresarme la llave, un chirrido metálico se oía a mis espaldas, adentro de la pared. Para mí, ambas cosas no tenían relación directa. Atribuí ese ruido a las ratas llevándose cucharas entre los ductos, o a los amantes deshaciéndose de sus anillos de casados en el retrete. Sin embargo, se trataba de un pequeño elevador de servicio que corría por un cubo de aire a través del edificio. Una pareja que, al parecer, visitaba con regularidad el hotel, me lo hizo ver después de que le dije que no tenía habitaciones disponibles y que, a menos de que alguno de los dos fuera el Gran Terremoto, tendría que esperar a que se desocupara alguna. Ninguno hizo el intento de reírse.

Al escucharse el ruido que yo atribuía a las ratas, uno de los amantes se acercó con el dinero de la habitación en la mano. Lo aventó sobre el escritorio. Le repetí la negativa, pero me señaló con apuro una manija metálica que sobresalía en la pared, a un costado de la caja registradora. Se trataba de una puerta disimulada y pequeña. Fui a ella sin quitarle la mirada de encima a la pareja. Cuando abrí la puerta todavía no terminaba de bajar el pequeño ascensor que contenía, por lo menos, unos diez juegos de llaves. Resultó que por ahí las enviaba la camarera. No me molestó, solamente me hubiera gustado que me lo explicaran antes, pero seguramente ella tendría tanto trabajo como yo, o más, como para ir a la recepción exclusivamente a entregarme una llave.

Luego conocí dos versiones de cómo habían corrido a mi antecesor. La primera fue narrada por la administradora del hotel, que llegó para entregarme la radio y afinar algunos detalles generales. Entonces me contó, divertidísima, refiriéndose a mi antecesor, que *ese hijo de primos* no había sabido cómo manejar las amenazas de un hombre fanfarrón que le exigió alojamiento para él y su acompañante, un niño. El recepcionista se había dejado amedrentar por aquel sujeto que aseguraba ser influyente y había accedido a entregar la única llave de la gaveta, precisamente la llave de la habitación que siempre debía estar disponible para la llegada de el Gran Terremoto. La administradora, al darse cuenta de la situación, porque tenía ojos y orejas en todos lados, tuvo que llamar a la policía para que se hiciera cargo. Una sensación de incomodidad me mantuvo alerta hasta la hora de salir.

La administradora del hotel se había despedido después de contarme lo de mi antecesor, pero su alegría malévola se había quedado en el pasillo.

Hacia el final del turno, cuando regresaba del baño, encontré un papel encima del teléfono. El primer telegrama del telegrafista.

El primer telegrama del telegrafista

TELEGRAMA
DIRECCIÓN GENERAL DE CORREOS
Y TELECOMUNICACIÓN

INDICACIONES
RECEPCIÓN

DESTINATARIO Y SEÑAS

TEXTO:

Hoy Todo fue rápido Administradora llegó temprano Seis policías con ella Antecesor suyo opuso 3 min de resistencia Fue inútil Una trampa desde el principio "Hombre influyente" y "amante niño" familia de la administradora Primo Javier y sobrino Javiercito Única vez que lo digo No me gusta que me despierten Bienvenido sea.

El telegrafista

Sobre la existencia de los impuntuales

El decreto que proscribía la existencia de los impuntuales fue famoso en su época; algunos años después, el rostro del hombre que lo fraguó no tardó en estar impreso en un billete. Cuando la profesora Susana Salmones nos habló de esos años, lo hizo con rabia: un secretario del Transporte de esta Ciudad le había declarado la guerra a los impuntuales. La justificación había venido del sector corporativo. Argumentaban, a través de las palabras del secretario, que la incalculable pérdida de capital que se registraba año con año en los libros fiscales de las compañías, locales y foráneas, a causa de la impuntualidad laboral, afectaba a todos. Entonces se resolvió tomar cartas en el asunto sobre la existencia de esos ciudadanos tan perniciosos para el desarrollo de la urbe.

La medida constaba de dos etapas; la primera había sido destinar un tren a los impuntuales durante seis meses ininterrumpidos. Sólo para ellos. Y saldría tres veces a lo largo del día: a las 8.35 h, a las 14.22 h y a las 20.11 h. Entonces el tren esperaba 30 segundos y partía con quien estuviera a bordo. Para la segunda etapa del programa, se requirió que pasaran los seis meses propuestos en un inicio para evaluar la afluencia del tren de los impuntuales. De estos datos precisamente dependió el decreto de su inexistencia. Era en realidad una trampa mortal, *y pronto lo sabríamos*, nos decía la profesora con la voz entrecortada por la ira, pues las estadísticas de los trenes decían que éstos partían totalmente vacíos, es decir que ningún impuntual lo abordaba; o que salía de la estación norte sin que en su interior hubiera espacio ni para medio silencio de pentagrama. Es decir, los impuntuales llegaban a tiempo y, por tanto, tampoco existían. En eso se basó el secretario del Transporte para declarar "tolerancia cero" hacia aquellos que insistieran en preservar la figura caduca del impuntual. A los transgresores que perforaran sus tarjetas de asistencia al trabajo fuera del tiempo de llegada se les dejaba en el estacionamiento a la espera de las famosas camionetas negras donde los subían y no se volvía a saber de ellos, ni siquiera en los libros del registro civil, o en las nóminas de las empresas.

Otra vez, la Encuesta

Llegué puntual a la siguiente noche de trabajo. Las cosas no se movían demasiado, el desfile de amantes era continuo y se desarrollaba sin contrariedades. Pasadas las dos de la mañana, entró a la recepción una mujer tomando fotografías con una cámara desechable. Llevaba puestos el chaleco safari y el sombrero Sarakof con los que el gobierno de esta Ciudad uniformaba a sus encuestadores. Antes de que yo pudiera decir algo, se descubrió la cabeza y alzó su gafete a la altura de la barbilla para identificarse. Imitó su sonrisa unos segundos para lucir como en la foto; sin duda era la misma persona la que sonreía frente a mí, pero sentí que estaba pagando una cantidad ridícula por un cuchillo sin filo. Sin importarle mi reacción, comenzó a hablarme protocolariamente acerca de la importancia de llenar la Encuesta con la mayor seriedad posible. En una tablilla con pinza atrapó una hoja, después calibró con tinta negra una de esas plumas que tienen un carrete de colores en la parte que se muerde.

¿Qué le pasó al anterior recepcionista?

¿Sabes por cuánto tiempo?

Eso es como cadena perpetua.

En ese caso, yo también me quedo sin trabajo.

Ojalá que no, ¿verdad?

Bueno, es como el refrán. ¿Sabes cuál?

No, el otro.

No, el otro. El que dice algo así como que ya aprendió a caminar el primero que tropezará con ᵉˡ Gran Terremoto.

Es igual, para responder la Encuesta sólo debes conocer uno.

Está en la cárcel.

Hasta que llegue ᵉˡ Gran Terremoto, creo.

¿Y si llega hoy?

Y yo.

Pues no.

"ᴱˡ Gran Terremoto llegará tarde a tu funeral".

"Si ves a ᵉˡ Gran Terremoto en la puerta del vecino es porque ya vio tu ventana".

No lo conozco.

Deja las que quieras en ese revistero.

Pero no lo hizo. La encuestadora, que hasta ese momento se había portado accesible, se quedó inmóvil, mirándome como si le hubiera robado un beso durante la autopsia de su padre. Respiró hondo antes de recalcarme la importancia de la Encuesta. Luego añadió que necesitaba ver el registro de empleados para dejar el número exacto de folios, más uno, por si alguien se equivocaba. Se lo di; era una lista impresa que estaba dentro de un fólder rotulado con la leyenda *No se come con la boca abierta*. Tardó unos minutos en anotar los nombres en un formato. Escribía con la frente casi pegada a la tablilla, estaba seguro de que era capaz de oler la tinta en cada uno de sus trazos. Su caligrafía era redonda, pulcra, ninguna letra se encimaba con las otras y me dio la impresión de que así eran sus cuadernos de la primaria. En algún momento tuvo que alzar la lista de empleados para verla a contraluz porque el nombre de la camarera estaba violentamente tachado. No conforme, el mismo vándalo había escrito la palabra "Sueca" a un lado de los tachones. No hubo problema para la encuestadora, anotó "Enriqueta Lanugo, camarera", dejó las encuestas y me tomó una foto. Antes de irse, me pidió que firmara de recibido en la parte baja del formato. Después la vi salir rumbo al estacionamiento. Luego, regresar a la recepción para decirme algo que había olvidado, el tono de su voz era el de una autómata. Alguien pasaría por las encuestas, ella u otro empleado debidamente identificado, durante el trascurso de la semana, si no llegaba el Gran Terremoto antes, claro está. Rio. En tal caso la Encuesta sería inservible y yo podía hacer lo que quisiera con los folios.

Estuve convencido de que no volvería a ver a esa encuestadora. Así pasaba siempre con ellos.

ENCUESTA

Esperamos que estos folios lo alcancen en el momento adecuado. Conteste las preguntas con letra de molde. Sólo tinta azul o negra. El llenado de estos folios es de orden personal e intransferible. Los datos aquí vertidos están protegidos bajo las leyes de privacidad vigentes. En caso de hallar irregularidades durante el proceso, notifíquelo a las autoridades. Si encuentra estos folios olvidados en alguna banca de parque, deposítelos en los buzones gubernamentales, siempre hay uno cerca. Recuerde que si usted sale al extranjero deberá llevar consigo la constancia de llenado que le entregará el encuestador, de otro modo... Sólo se puede omitir el llenado de este formato en el caso de muerte, o en caso de que el Gran Terremoto haya llegado a esta Ciudad. Es importante que usted llene el formato cuantas veces se le requiera. Si considera que ha llenado la Encuesta demasiadas veces, considere que "la gente cambia y no avisa", como dice la canción. Agradecemos de antemano su colaboración. No olvide que sus respuestas son importantes para todos.

1. ¿Cuál es su nombre completo, sin abreviaciones ni anagramas?

2. ¿Qué edad tendría si hoy llegara el Gran Terremoto? (especifique años y meses)

☐☐☐ Años   ☐☐ Meses

3. Sin usar SIEMPRE, ¿desde cuándo le importa la llegada de el Gran Terremoto a esta Ciudad?

4. Si mañana lo sorprendiera la llegada de el Gran Terremoto en la regadera, ¿qué escolaridad tendría?

5. ¿Cuál fue el papel más importante que llegó a representar en los simulacros escolares a la llegada de el Gran Terremoto? Cite algún fragmento.

6. La vivienda, donde probablemente lo sorprenda la llegada de ᵉˡGran Terremoto, ¿es propia o rentada?

☐ Propia   ☐ Rentada

7. ¿Cuántos electrodomésticos tendrá que renovar en caso de que pasen de moda tras la llegada de ᵉˡGran Terremoto?

☐☐☐ Electrodomésticos

8. ¿Cuántas personas dejarán de depender económicamente de usted tras la llegada de ᵉˡGran Terremoto?

☐☐☐ Personas

9. ¿Cuántas personas cree que dejarán de depender emocionalmente de usted tras la llegada de ᵉˡGran Terremoto?

☐☐☐ Personas

10. ¿Conoce a alguien cercano que no sepa leer o escribir la siguiente frase "Un día ᵉˡGran Terremoto llegará a esta Ciudad"? Proporcione los datos de localización directamente al encuestador.

☐ Sí   ☐ No

11. Si pudiera hacerle una pregunta a ᵉˡGran Terremoto, ¿cuál sería?
_____
_____
_____

12. ¿De qué color cree que tenga los ojos ᵉˡGran Terremoto?
_____

13. ¿Qué altura cree que tenga ᵉˡGran Terremoto?
_____

14. ¿Cómo cree que llegue vestido ᵉˡGran Terremoto?
_____
_____

15. Señale con una cruz en cuál de los programas podría integrarse en caso de ser necesario:

☐ Catalogación de la correspondencia dirigida a ᵉˡ Gran Terremoto

☐ Banco de gametos para la conservación poblacional tras la llegada de ᵉˡ Gran Terremoto

☐ Brigada ciudadana para el embellecimiento de espacios públicos antes de la llegada de ᵉˡ Gran Terremoto

☐ Delator de impuntuales

☐ Delator de fondos de ahorros vecinales

☐ Entrenamiento canino

☐ Asistencia vial para daltónicos

☐ Encuestador

16. Por último, ¿qué significa para usted la expresión popular "comenzar desde cero tras la llegada de ᵉˡ Gran Terremoto"?

_____
_____
_____
_____
_____
_____
_____
_____
_____
_____
_____
_____
_____
_____
_____
_____
_____

Correspondencia dirigida a el Gran Terremoto (repetición)

La noche siguió lenta después de que la encuestadora se fue. Aunque el manual recomendaba aprovechar las horas sin quehacer para repasar los casos poco probables, pero posibles, más comunes de la llegada de el Gran Terremoto, decidí ir a buscar la televisión portátil que había detrás del retrete. La pantalla era abombada y pequeña como la frente de los bebés que serán inteligentes cuando crezcan. La enchufé y encendió de inmediato, sin que yo tocara ningún botón.

Aunque a esas horas no me importaba qué canal se sintonizara, todo el contenido eran repeticiones, prefería esquivar algunas como la del alunizaje. Dejé de cambiar de canal cuando reconocí la música de un programa que solía ver de niño. Se trataba de la dramatización de las preguntas que la gente le hacía a el Gran Terremoto, y este contestaba. Sólo habían filmado quince capítulos y se repetían una y otra vez sin que nadie objetara. El *rating* se mantenía a lo largo del tiempo. Para mucha gente del mundo del espectáculo, ese programa había significado su salto a la fama y su vigencia a lo largo de los años. A mí me había parecido siempre una tomada de pelo; no me cabía en la cabeza que a la gente no se le ocurriera preguntar "¿Cuándo vas a llegar?". Se suponía que gente al azar recibía, un día cualquiera que no fuera el de la llegada de ᵉˡGran Terremoto, un sobre con las iniciales ᵉgt. Esa gente abría el buzón y encontraba la respuesta a una pregunta que había escrito, quizá hace años.

"Querido ᵉˡGran Terremoto" (así empezaba cada episodio).

No sé qué estudiar y estoy por terminar el bachillerato. Debo decir que no hay otra cosa que me guste más que trazar círculos continuos en las hojas de los cuadernos. Comienzo con un pequeño origen y no separo la pluma hasta que se rompe la hoja. ¿Conoces las serpentinas? ¿Tu cabello es rizado?

A pesar de que mi familia sabe esto, insiste en que estudie algo mientras tú llegas. Tienen la idea de que no debo desperdiciar mi tiempo, de que sin importar cuándo llegues, yo debo tener una aspiración en la vida.

¿Tú qué harías en mi lugar?

Loreto.

(Después venía la respuesta de ᵉˡGran Terremoto)

Loreto:
Tu carta me genera dudas pues no me ha quedado del todo claro tu género. Te voy a contar que una vez salí con una mujer que tenía tu mismo nombre. Se apellidaba Padilla o Rivadavia, ha pasado mucho tiempo y no recuerdo con claridad. Quizá era Padilla-Rivadavia o Padillarradía. Cacofónica, al fin y al cabo.

Nunca supimos si nos habíamos querido porque nunca nos lo preguntamos. Algo sentíamos, sí, porque nos vimos una buena temporada. Luego ya no. Pero no le tengo malos recuerdos ni tatuajes que digan "Lore y Terre". En fin. Estudia lo que quieras, eso no tiene nada que ver conmigo o con lo que tu familia crea saber de mí.
Hasta algún momento.

egt.

Otra respuesta de ^{el} Gran Terremoto:

"Esperanza:
Tu carta me recuerda la dificultad de cambiar una llanta bajo la lluvia..."

O

"...traigo a colación un episodio de mi niñez. Yo era un niño y a mi madre le daban ataques de epilepsia cuando transmitían mi programa favorito en la televisión. Les llamaba crisis *o* episodios *o* ataques de epilepsia, *y ahora yo llamo* episodios *a algunos recuerdos de mi niñez."*

"Querido ^{el} Gran Terremoto" (esta la recuerdo completa)

Hace tiempo que deseo preguntarte algo. Lo escuché en una conversación ajena pero interesante. Yo les daba la espalda a dos voces adolescentes en el transporte. No recuerdo hace cuánto tiempo fue, o si el clima era propicio para aplazar la visita al peluquero. El hecho es que cada tanto me acuerdo de la conversación y viene la duda que ahora te comparto (mi memoria la ha sobado tanto que ningún nombre propio figura ya): ¿qué diferencia hay entre dejarse la barba y simplemente no rasurarse? Ojalá puedas responderme sin rodeos, porque en eso eres grande, un grandísimo puto chorero".

(La respuesta quevedesca:)

"*Puto es el hombre que de putas fía,*
y puto el que sus gustos apetece;
puto es el estipendio que se ofrece
en pago de su puta compañía.
Puto es el gusto, y puta la alegría
que el rato putaril nos encarece;
y yo diré que es puto a quien parece
que no sois puta vos, señora mía..."

(Cada uno de los episodios terminaba del mismo modo, una presentadora, sentada, decía: "Recuerde, tome la Encuesta con la mayor seriedad, es importante y sus preguntas podrían aparecer en el programa".)

Enriqueta

Me alegró escuchar el sonido del elevador, me sacó de la concentración televisiva. Desconecté el aparato. Fuera quien fuera, tendría que dejar para otro momento la Encuesta, o las repeticiones de la *Correspondencia dirigida a *el* Gran Terremoto*. De la puerta salió un hombre de lentes redondos, anclados a una cabeza completamente rasurada. Vestía una bata verde y unas pantuflas, sólo eso. Conforme se acercaba, su bata me pareció de seda por la manera en que la tela relumbraba con la luz del pasillo. El hombre traía algo bajo el brazo: una sábana hecha bollo.

Reconocí al hombre cuando estuvo casi encima de la recepción, recordé que de perfil la curvatura de su cráneo era soberbia, un trazo limpio y sin pliegues. No hacía más de una hora que había llegado, completamente vestido y del brazo de una mujer unos centímetros más alta que él, para pedirme una habitación. Quedaban dos: la 16 y la 25, les había dado la 25. Como la del primer piso era más amplia y la vista del balcón daba hacia el parque, imaginé que si yo fuera *el* Gran Terremoto, y llegara esa noche, me hubiera encantado apreciar el vaivén solitario de los columpios antes de meterme en la cama. El hombre estaba pálido de rabia y no pude evitar que aventara la sábana sobre el mostrador.

Exijo hablar con la persona encargada de renovar la ropa de cama. No intente defenderla; esto es un atropello.

Pérez, señor Pérez.

¿Va a defender a esa persona? ¿Dónde está?

Buenas noches, señor...

Dígame cuál es el problema.

No sé dónde está. A decir verdad, soy nuevo acá y no he tenido mucho contacto con el personal.

¿Cómo se llama?

La camarera, señor, la camarera.

¿Yo? Diego Pirita.

Hace un rato me enteré de que es Enriqueta.

Y por qué no hizo su trabajo. Mire sobre qué inmundicia iba a acostarme... ¿No me cree? Extienda la sábana, mequetrefe, y cuente las manchas.

¿Cuáles manchas?

Cómo cuáles. Esta y esta y esta y esta y esta y esta y

esta y esta y esta y esta y
esta y esta y esta y esta y
esta y esta, señor, cómo
que cuáles. Llámela de
inmediato, o van a saber
de qué soy capaz.

                                      Permítame.

Al escuchar eso último recordé el telegrama y supuse que él no era el Sr. Pérez, sino el primo de la administradora del hotel, Javier. Aun así, busqué la radio bajo la sábana y llamé a Enriqueta por el canal. Nadie contestó. Mientras recalibraba el volumen, reparé en las manchas de la sábana. Sólo pude contar siete y me parecieron el mapa ficticio, pero posible, de una nación-archipiélago. La llamé de nuevo, insistí un par de veces, pero el resultado fue el mismo. Según el manual, cada miembro del personal debía mantenerse al tanto del aparato pues, durante la llegada de el Gran Terremoto, eso era lo más confiable para garantizar la coordinación en el servicio. No hubo respuesta. El hombre se había quitado los lentes para desempañarlos con el borde de la bata. Alcancé a ver que uno de sus testículos no había bajado completamente del vientre, condición común en el setter irlandés. Llamé de nuevo.

¿Sabe qué? Olvídelo. Cámbienos de habitación.

                              No puedo, señor Pérez.

Cómo que no puede, si
ahí debe tener otras llaves.
Tomo la que sea.

No sea usted idiota, ¿qué le hace pensar que va a venir hoy, y precisamente aquí?

Sí tengo más, una, pero está reservada por si llega ᵉˡ Gran Terremoto. Ya sabe.

No puedo, señor Pérez. De verdad.

Sonó de nuevo el timbre del elevador. Durante unos minutos, ambos estuvimos atentos a ver quién bajaba; *ojalá sea Enriqueta*. Se iluminó la marquesina 2, 1, PB. Apreté los dientes. Se abrieron las puertas y salió la mujer con la que había llegado el hombre de la bata. Noté que estaba perfectamente vestida y peinada, como si hubiera salido de la imaginación de un vestuarista y no de un elevador ruinoso; cargaba una de esas fundas para transportar trajes. Fue directamente hacia su hombre y éste cambió de expresión a la de un niño que sorprenden orinando en vasos. La mujer le dio el portatraje y se agachó para desanudar la cinta de la bata. Al hombre no le importó en lo más mínimo haber quedado desnudo en medio de la recepción, sólo preguntaba por el paradero de sus trusas. Ante la duda de la mujer, comenzó a enfundarse los pantalones, sumía el vientre, contenía la respiración, se esmeraba realmente en no pellizcarse el escroto con los dientes del cierre. Mientras se abotonaba la camisa le propuse un reembolso. La ventaja era mía. Cuando le entregué el dinero a la mujer, él aprovechó para manotear sobre el escritorio. Sólo logró desparramar los lápices que estaban en un vaso desechable.

Te vas a acordar de mí,
cabrón. Todos ustedes.

    Casi de inmediato se escuchó el elevador de servicio.
Había otro telegrama.

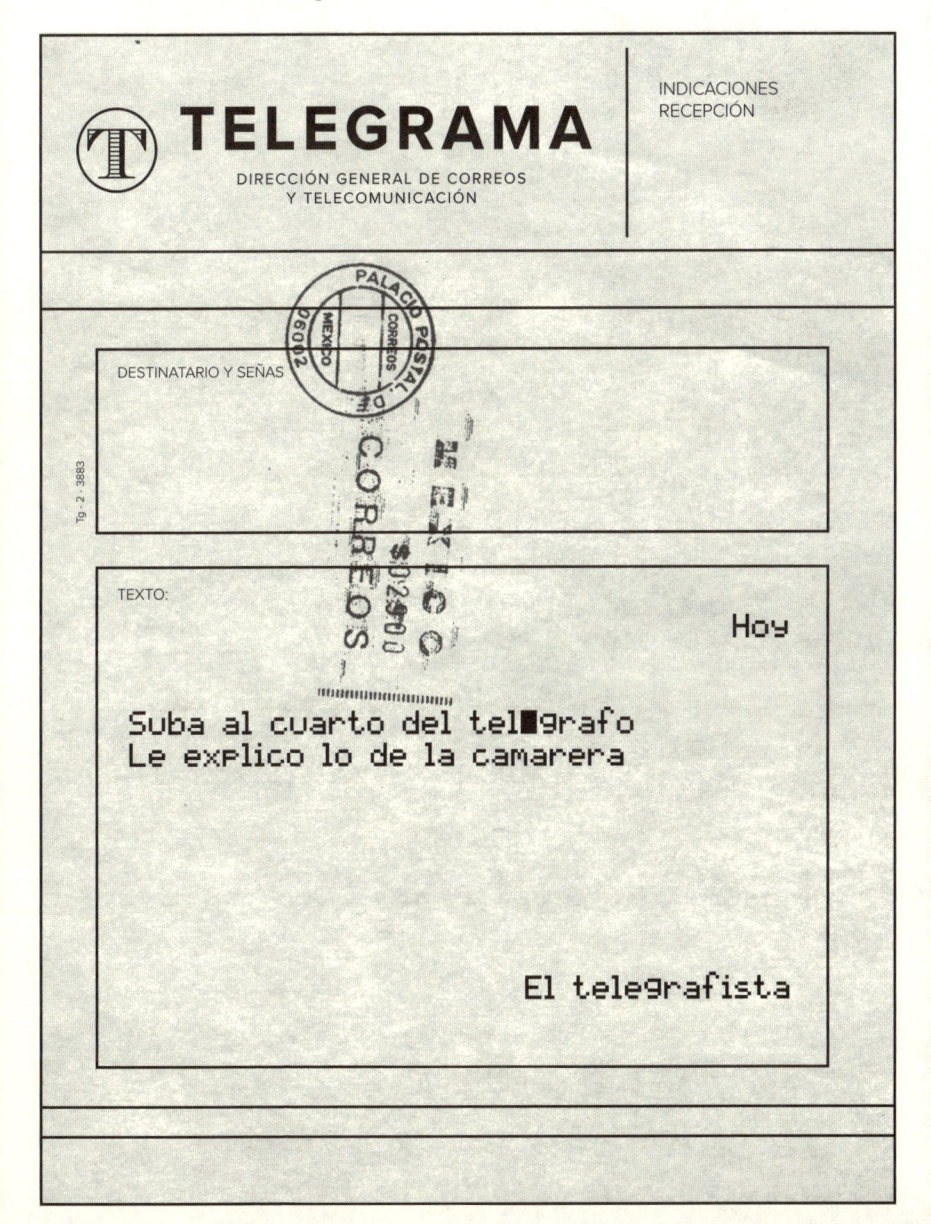

TELEGRAMA
DIRECCIÓN GENERAL DE CORREOS
Y TELECOMUNICACIÓN

INDICACIONES
RECEPCIÓN

DESTINATARIO Y SEÑAS

TEXTO:

Hoy

Suba al cuarto del telégrafo
Le explico lo de la camarera

El telegrafista

Sueca

Deseaba ahorcar a Enriqueta, por lo menos debía escucharme. Antes de subir a la azotea como me lo había recomendado el telegrama, necesité dejar que pasaran unos minutos para calmarme. Reuní minuciosamente los lápices para devolverlos al vaso desechable, incluso los que se habían caído detrás del escritorio. Doblé una hoja de la Encuesta, le escribí en la parte blanca "Regreso enseguida. El recepcionista" y puse el mensaje sobre el escritorio para que lo viera cualquiera.

De camino al ascensor tropecé con la bata verde. La pateé con fuerza y una suavidad líquida, incómoda, me rodeó la punta del zapato. Tenía un peso extraño que no correspondía con lo que me había imaginado al vérsela puesta al señor Pérez: apenas se deslizó unos centímetros tras el golpe. Llegó el ascensor. Sin esperar a que cerraran las puertas oprimí el último botón de los controles.

El elevador no llegaba hasta la azotea, al final del corredor se adivinaba una puerta que llevaba a la escalera de servicio del hotel. Al salir, escuché el ruido de los coches a lo lejos. Ya arriba, me guie por la luz de un foco que iluminaba la entrada al cuarto del telégrafo. Afuera del cuarto estaban, como a la deriva, un camastro, una parrilla y lo que parecía ser una alberca de plástico a medio inflar. Antes de tocar me distrajo una hoja pegada debajo del timbre. Otro telegrama.

TELEGRAMA
DIRECCIÓN GENERAL DE CORREOS Y TELECOMUNICACIÓN

INDICACIONES RECEPCIÓN

DESTINATARIO Y SEÑAS

TEXTO:

Hoy

No toque el timbre No se atreva Si la busca a ella ll■mela "Sueca" por el radio Ir■ enseguida
        De otro modo es imposible.

El telegrafista

Pensé dos veces las cosas antes de tocar el timbre. Pateé la alberca. Abrí el canal de la radio y la llamé.

Sueca, Sueca.

¿Sí?

¿Dónde mierda has estado? Un cliente quería que lo cambiara de habitación.

¿Era calvo? ¿Su acompañante era más alta que él, era un niño?

Eso no importa un carajo, Sueca. Tuve que hacerle un reembolso y prometió vengarse. Es apenas mi segunda noche aquí.

No te preocupes. Son familiares de la encargada. Lo hacen todo el tiempo. ¿No leíste el telegrama? Llegan, resuelven sus asuntos en 15 minutos, quitan la sábana y arman un escándalo en la recepción exigiendo que los cambies de cuarto con el cuento de que está sucio. Esa mugre es suya. Te están probando. Sólo querían la habitación de ᵉˡ Gran Terremoto. Así le pasó al anterior recepcionista.

79

¿Dónde estás?

¡Sueca, puta madre, Sueca, contesta!

...

En la 16.

¿Qué haces ahí?

Sueca. Sueca.

...

Había cerrado el canal. Caí en la cuenta de que mientras hablaba por la radio había seguido leyendo el telegrama pegado en la puerta, pero sin tomar sentido en lo que decía realmente. Lo arranqué para despedazarlo, pero las grapas con las que estaba sujeto lo hicieron a su modo. Detrás estaba una mirilla; apenas un ojo de pez por el que sólo se adivinaba la oscuridad al interior del cuarto. Reventé los cachitos del telegrama contra la puerta, como si quisiera destrozar una ventana, y me fui directamente a las escaleras. Cuando todavía era posible, miré hacia atrás y quise regresar para decirle un par de cosas al telegrafista, pero no lo hice. No quería distraer mis ganas de ahorcar a la Sueca.

El recuerdo de su voz ronca me hizo pensar en un cuello grueso rematado en papada. De alguien con el hábito de fumar, no tan joven. Al llegar a la habitación 16 me di cuenta de que no llevaba conmigo la llave maestra; la puerta desprendía un vago olor a citronela. Toqué. Del cuarto a mis espaldas salían los bramidos de una pareja que parecía estar llegando al clímax, y música de cámara a un volumen no permitido por el manual, ni siquiera para recibir a ^{el} Gran Terremoto. Toqué de nuevo acercándome al filo de la puerta para llamar a la Sueca. Ya no la tuteaba, estaba convencido de que era una mujer mayor. Atrás, los bramidos pararon un momento, sólo para regresar más violentos y con eco. Imaginé que se habían mudado al baño, que él la tomaba por detrás y a ella se le resbalaban los brazos del lavabo en cada embestida. De repente, la puerta se abrió y la música de cámara sonó más fuerte, la voz de un corno atravesó el pasillo junto con un hombre vestido a las carreras. Vino directo a mí. Me ladeé para disimular la erección.

Disculpe, ¿tendrá un condón?

No, señor.

Estoy tratando de llamar al *room service* pero nadie contesta.

Si me da un segundo...

Usted comprenderá que en esta situación... Esta tarde me reencontré con mi novia de la secundaria, nunca voy a esas reuniones de exalumnos, pero esta vez mi esposa insistió tanto que...

Comprendo, señor, pero si me da un segundo, yo...

El olor a citronela se intensificó, de pronto, haciéndome callar. La puerta del 16 se abrió, apenas lo suficiente para que un brazo delgado y firme se asomara. Había un par de condones atenazados entre los dedos índice y medio. El hombre no los tomó hasta que la mano se agitó impacientemente. Luego de tomarlos, el hombre los guardó en el bolsillo de la camisa y dio las gracias un par de veces. La mano le dio a entender que no era nada, que era un placer ayudarlo en tal situación, que comprendía las circunstancias y que no había nada más importante para todos nosotros que atenderlo como se debía. Después lo invitó a irse de inmediato chasqueando los dedos. Así lo hizo el hombre. En tres pasos llegó a su habitación y el sonido de la música de cámara se opacó tras el portazo. Intenté retener el brazo por la muñeca, pero no pude; desapareció con la gracia de un clavadista olímpico practicando en el abismo. Abrí la puerta y entré. Sentía más curiosidad que enojo en ese momento.

Altar

Lo primero que alcancé a ver en el cuarto fue un tocador. El par de velas frente al espejo no iluminaba demasiado, sólo ardían las flamillas multiplicadas en el reflejo. De ahí venía el olor a citronela. Las ventanas del balcón estaban abiertas. El viento proveniente de la calle hacía bailar las persianas. Llamé a la Sueca, disimulando mi cautela, encendí el primer interruptor de luz, luego los otros. Ninguno reaccionó. Reflejado en los demás espejos que forraban las paredes, pensé en los altares que nos pedían en la escuela como escenografía de los Simulacros Escolares a la llegada de ᵉˡ Gran Terremoto. Eran obligatorios y tenían que llevar fotos nuestras. Hubo una vez que un compañero sólo puso una veladora en el centro de una caja de zapatos que había forrado con espejos. Le explicó a la profesora que no había puesto fotos porque era el altar de un mártir muy joven que había sido degollado hacía mucho, cuando no había cámaras; también le dijo que cuando se apagara esa llama, ᵉˡ Gran Terremoto llegaría a nuestra escuela y tocaría el claxon de su auto para saludarnos a todos los que estuviéramos cerca de la ventana. La profesora Susana le puso la mejor calificación y todos nos pasamos la clase viendo la llama, multiplicada miles de veces en la caja. Recuerdo que tuve ganas de soplarle para ver qué ocurría. Una niña sí lo hizo sin que nadie se diera cuenta, excepto yo porque la seguía a todos lados; era el último día de clases y ella compró mi silencio amenazándome con no dejar que la siguiera más.

En ese momento me sentí dentro de un altar improvisado por las manías de la Sueca. Sobre el tocador se alcanzaba a ver lo que parecía una hilera de huevos fuera de su canasta. Luego comprobé que no eran huevos ni había canasta, eran los focos del cuarto recostados uno junto al otro.

¡Sueca!

Sólo me contestó una risita ahogada desde quién sabe qué lugar de ese cuarto mil veces multiplicado en las paredes.

¡Sueca!

Fui a buscarla detrás de las cortinas. En el balcón se formaba un bulto que me hizo pensar que la Sueca era muy pequeña, o que se mantenía acuclillada. Sólo encontré un tripie y una cámara de video portátil, todo debajo del uniforme de camarera. El nombre en el gafete estaba tapado con cinta adhesiva; no alcanzaba a leer, pero intuí que decía *Sueca* en vez de Enriqueta.

No la apagues.

La voz de fumadora venía del centro del cuarto, de la cama. Me asomé por la ventana y miré el parque vacío por última vez antes de terminar con el asunto. Era una buena vista, sin lugar a dudas el Gran Terremoto la disfrutaría.

Trastabillé hasta llegar a la cama. La Sueca estaba ovillada debajo de las sábanas, con esa luz parecía un grumo de engrudo que nadie había alisado. Antes de poder quitarle las sábanas, la Sueca me saltó encima carcajeándose. Manoteaba, me hacía cosquillas, morisquetas. No rebasaba los treinta años, o lo hacía por muy poco. Llevaba la banda dorada de bienvenida a el Gran Terremoto atravesada desde la cintura al hombro, le atorbellinaba la silueta. Según el manual, el mensaje de la banda debía ser "Bienvenido el Gran Terremoto, ¿qué hacemos ahora?" y las letras podían estar rellenas con diamantina, o cualquier otro material iridiscente.

Me abalancé sobre ella, divertido, contagiado por su alegría; le saqué la banda como si buscara el corazón en el fondo de una cebolla. Apreté su cuerpo desnudo contra el mío. Sentí la leve picazón de la diamantina en el pecho cuando ella logró desabotonarme la camisa. Su carne entre mis manos se sentía firme, los poros erizados los atribuí al frío o a la excitación. Le busqué la boca pero su respuesta fue soplarme en la cara, como si quisiera evitar que una pluma dejara de volar. Intenté apartarme varias veces, pero un mordisco suave en la barbilla me imantó de nuevo. Nos atragantamos de risa y mis manos rodearon su cuello. Una nueva carcajada vibró entre mis dedos antes de comenzar a estrangularla, *Enriqueta, hija de puta*. Esto último le cambió la cara, frunció la boca y escuché cómo hacía rechinar los dientes.

Su brazo se sumergió en mis pantalones, pensé que estaba hallando la manera de quitármelos. Pero en vez de eso me tomó de la erección tan fuerte que sentí que la punta iba a estallar. Me quejé mientras el tronco se adelgazaba entre sus dedos. Me liberó un momento, sólo para clavarme los ojos y las uñas en la cara. Se cercioró de que la viera de frente y me escupió dos sílabas. *"Sue-ca"*. Se levantó de la cama para irse directo a la ventana. Por un lado de la banda dorada se asomó una nalga. Manoteó para recuperar su uniforme del tripié y el foco rojo de la cámara se apagó. Con la ropa entre las manos se fue al tocador. Tenía caderas estrechas que sólo fueron prominentes cuando se sentó. Buscó algo en el fondo de su bolsa unos minutos. Un labial. Luego se concentró en remarcarse la boca lo mejor posible. Mientras lo desatornillaba me miró a través del espejo. Luego sólo se concentró en maquillarse. Cuando por fin estuvo vestida me dijo que no podíamos seguir ahí, que sería mejor vernos el día libre, en otro lado, pero no en un hotel de paso, en su casa o en la mía, mejor. Ahí había todo lo necesario para el video. Antes de irse, prometió dejarme su dirección sobre el escritorio.

Esperé unos minutos antes de levantarme de la cama y devolver la hilera de focos del tocador a los *sockets*. Me sentía mareado por ese cuarto multiplicado al infinito en los espejos. Entonces me preocupó que desde hacía un rato la recepción se encontraba sin servicio. Apagué las velas, recogí la cinta dorada de bienvenida a ᵉˡ Gran Terremoto, la doblé sobre la cama y salí de ese altar preguntándome cuándo sería mi día libre.

La encuestadora se queda sin trabajo

Alguien esperaba cuando regresé a la recepción. Al reconocer a la encuestadora me sentí decepcionado. La saludé sin ganas de mostrarme amable, no había tenido tiempo de extrañarla y me irritó darme cuenta de que, secretamente, yo esperaba que fuera la Sueca. El mismísimo ᵉˡ Gran Terremoto me hubiera dado igual, y eso también me irritó.

A la encuestadora parecía importarle poco mi presencia de igual manera, ni siquiera cambió de posición cuando me acerqué. Siguió acodada sobre el mostrador, revisando nostálgicamente el mensaje que yo había escrito antes de irme a buscar a la Sueca. Estaba seguro de que en cualquier momento me diría algo por haber utilizado un folio de la Encuesta para garabatear el mensaje.

Ya era hora.

> Disculpa lo de la hoja.
> Tuve que salir a resolver
> un imprevisto con un
> hombre que necesitaba
> preservativos.

No te preocupes. Ya no importa. No importa nada en realidad.

        No es tan grave; me dejaste una copia de más por si algo salía mal. Podemos decir que algo salió mal.

Te digo que ya no importa. Olvídate de la Encuesta. Tú y todos.

Se acabó.

        ¿Por qué?

        Pero no ha llegado el Gran Terremoto.

Mi coordinador llamó para que regresara inmediatamente al último lugar donde había dejado folios. Y aquí me tienes, sólo regresé para avisarte que en unos momentos darán el informe final.

        ¿De la Encuesta?

¿Tienes dónde verlo o escucharlo? Estará en transmisión en todos los medios de esta Ciudad.

        Sí. Hay una tele portátil donde veo *Correspondencia dirigida a el Gran Terremoto*.

Préndela, está por comenzar.

Coloqué la televisión sobre el escritorio. Hubo que encontrar un enchufe afuera de la recepción. Paré la búsqueda en el canal que mejor se veía, al fin y al cabo, el mensaje se transmitiría en cualquiera. La encuestadora miraba atenta la pantalla, la luz se inyectaba directamente en sus ojos haciéndolos brillar como si estuvieran cargados de lágrimas. Me di cuenta de que así era, pero en ningún momento se derrumbó. Iba a preguntarle por su futuro, pero en cuanto abrí la boca me hizo callar con un *Shhhhhhhht*. Había comenzado el informe.

Tras unos minutos de música introductoria y de publicidad oficial, apareció en la pantalla un hombrecito trajeado que nos saludó desde un estrado que parecía haber sido hecho a su medida. Una voz neutra lo presentó como el honorable Resultado más descollante de la Encuesta. El hombrecillo asintió hacia los cuatro puntos cardinales. La disparidad de sus patillas evidenciaba que él era el único encargado de controlar el crecimiento de vello en su rostro.

Buenas noches a todos. No seré moroso en la entrega de los datos arrojados por la Encuesta: tras estos diez largos, pero necesarios, años de espera, podemos concluir que, para la gran mayoría de los habitantes de esta urbe, la existencia es todo aquello que ocurre a la espera de el *Gran Terremoto. Muchas gracias y buenas noches, ciudadanos.*

Con esto se dio por terminada la transmisión; el honorable Resultado permaneció inmóvil, frente al micrófono

89

hasta que la música oficial volvió a sonar, esta vez con notas más alegres. Las luces en el estudio comenzaron a bajar y la voz neutra se despidió de todos nosotros agradeciéndonos la atención. Después de algunos segundos de ruido blanco comenzó la repetición del anuncio. Desconecté la televisión sin antes apagarla.

Lo que quieras. Tíralos o guárdalos. También tira esto.

¿Y qué hago con los folios?

Se había descolgado el gafete y lo dejó sobre el mostrador. Me sentí un poco miserable, y le propuse que, si no le importaba el olor a citronela, podría quedarse en la habitación que había quedado vacía. No insistí después de que me recomendó no poner en riesgo mi trabajo. Se fue y me quedé mirando su foto, y en ese momento sí me resultó imposible emparentarla con la joven que sonreía desde el gafete.

¿Cuándo es mi día libre?

iii.

CRUCIGRAMA

ME GUSTABA EL CINISMO con el que la Sueca empezó a acercarse. Simplemente después de que se dio a conocer el resultado de la Encuesta, ella comenzó a aparecer en la recepción sin anunciarse antes por la radio. Se instalaba cerca, sólo para encorvarse sobre el mostrador y resolver los crucigramas que desprendía de la última sección del periódico.

Las primeras noches lo hacía sola, en silencio, sin tomar demasiado en cuenta mi presencia, después comenzó a leer las pistas en voz alta, como preguntándole al aire. Algunas veces, el amante que no estaba negociando conmigo la habitación se involucraba, con toda seriedad, en la resolución de los crucigramas. La Sueca, divertidísima, recibía la ayuda con un falso agradecimiento; anotaba las palabras sugeridas, borraba en el papel con la goma del extremo del lápiz, discutía acaloradamente una etimología y festejaba el afortunado encuentro. Cuando la pareja se iba rumbo a la habitación, la Sueca se deshacía en despedidas y promesas. Casi siempre proponía organizar un club de crucigramadores, una vez a la semana durante su día libre. Cuando decía esto, nuestros ojos se cruzaban, los de ella sonreían con un brillo maligno que yo intentaba esquivar.

Después, sin previo aviso, la Sueca comenzó a incluirme en la labor del crucigrama.

Si yo tenía las manos ocupadas, se recargaba en la otra esquina del mostrador para ojear el manual; sin mucho interés revolvía las páginas, y de vez en cuando tachaba algo con la pluma que destapaba entre los dientes. O desataba el chongo pajizo que siempre le coronaba la cabeza; era igual que la pequeña bola extra que el heladero nunca cobra. O si no, planchaba mil veces el celofán de los caramelos que trituraba con los molares; ese ruido me sacaba de quicio, pero me gustaba que ella lo hiciera: tenía una bonita dentadura. Cuando me encontraba desocupado, la charla comenzaba, primero, leyéndome las pistas de los crucigramas.

> Horizontal, doce letras: "Se dice del hilo dental para lactantes; de la seda en los guantes del verdugo; de los martillos de cristal; de los enemigos en un jurado…"

Prescindible.

> Vertical, nueve letras: "Estornudar con los ojos abiertos; encontrar pestañas en las uñas; flotar en la sangre; allanar un árbol; perdérsele a la luna; chuparse un codo…"

Imposible.

> Vertical, nueve letras: "Un maquillista en la nómina de la funeraria; el oído en medio del bosque;

un interruptor en las venas; los párpados frente al espejo..."

¿Necesario?

Sí. Horizontal, nueve letras: "un gato que ladra; un revólver de azúcar; una gotera en el piso..."

¿Inverosímil?

Esa es de once letras.

Increíble.

Última. Horizontal, nueve letras: "Adjetivo que describe al tabernero en Año Nuevo, al suicida consiente y suturado; a Sísifo mañana..."

¿Aburrido?

Desganado.

Ah...

Después charlábamos de cualquier cosa, o ella levantaba un tenderete de ropa y objetos olvidados en las habitaciones, y me informaba sobre lo que iba a rescatar del incinerador. Sacaba las cosas del fondo del morral donde las juntaba. Se superponía prendas en las caderas sin importar que no fueran de su talla, se calzaba sacos y blusas hablándome de los sencillos arreglos que tendría que hacerle para que le ajustaran a la perfección. Según decía, cerca de su casa había un sastre que de joven había sido vestuarista en la época dorada de la Compañía de Teatro de la Ciudad, cuando invitaban actores internacionales para que representaran la llegada de ᵉˡ Gran Terremoto en *Simulacros*. El mayor orgullo de ese hombre, me decía la Sueca, era ser el único sastre de la Ciudad que conocía las medidas exactas de ᵉˡ Gran Terremoto, las había soñado o se las había inventado; convencido entonces, había confeccionado una serie de trajes, de tres piezas, de lana ligera, de lino blanco, color champaña, y los había montado en unos maniquíes a los que no dejaba que se les juntara el polvo en las hombreras. Hablábamos de cualquier cosa, menos del día libre ni de dónde vivía ella.

Juanas y Juanes Pérez

A LOS AMANTES NUNCA se les extraviaba la prisa de los ojos, se tropezaban con ella cuando se iban rumbo al estacionamiento, o al despedirse de lejos y en la vereda, antes de abordar taxis distintos. Jamás desaparecía de su mirada el recuerdo de haber querido instalarse en una habitación un par de horas, e irse sin que nadie les hiciera preguntas que no vinieran al caso. Como sus nombres reales, en eso sí se parecían a la Sueca. Al alcanzarles el libro de registro, me arrebataban el bolígrafo para garabatear lo primero que se les venía a la mente en la casilla de "nombre" y "apellido". Juan Pérez. Juana Pérez. Luego, al darse cuenta de que habían multiplicado el nombre de los anteriores amantes, algunos pensaban un poco más en lo que pondrían en la casilla "ocupación", y escribían: profesor, docente, catedrático, pedagogo, institutor, mentor, dómine...

Buenas noches, señor Pérez. Señora Pérez... Aquí está su llave... El cuarto vence al mediodía, aunque, claro, pueden irse cuando quieran... Suban las escaleras... Tomen el ascensor hasta el segun-

do piso... Al salir dejen la llave sobre el buró...
Buenas noches, los esperamos pronto de vuelta.

Entonces desaparecían tras las puertas del ascensor desabotonándose la ropa y aflojándose un zapato con el taco del otro. Yo pensaba que esa prisa les venía de no tener un día en la semana sólo para ellos.

La Sueca se rio cuando se lo dije.

Después de algunas horas, y de algunas parejas, sobre la alfombra se acumulaba tanta ropa como para pensar que el ascensor era una máquina infernal capaz de desintegrar los cuerpos de sus ocupantes, sin dañar los textiles.

Al final de la jornada, la Sueca volvía cargando un morral en donde no llevaba las sábanas sucias de los cuartos, sino objetos olvidados por los amantes, incluyendo el tenderete del ascensor. Eso se iba a un cuarto del sótano en donde sólo había una pala, un enorme incinerador y un montículo de cosas que esperaban su turno para arder, según el manual. De ahí sacábamos la promesa del agua caliente en las regaderas, y de ahí sacaba la Sueca la ropa que me mostraba cuando iba a charlar a la recepción.

Algunas veces intenté persuadir a los Juanes y a las Juanas Pérez para que le preguntaran a la Sueca por el zapato que les faltaba, pero ni siquiera se detenían. *Quédeselo, tengo una docena de pares en casa, lo único que quiero es salir de aquí*, parecían decirme las manos batidas en el aire. Y yo me quedaba clavado en la silla observando cómo se les percudían las plantas de los calcetines en cada zancada de su prisa.

Una de esas noches

Supe que me quedaba poco tiempo para estar al frente de la recepción cuando, desde mi ventana, reconocí a la Sueca en la vereda. Bajaba de un taxi después de que el vehículo recompuso algunos metros en reversa por haberse pasado de la entrada al hotel. La seguí con la mirada todo el tiempo que pude. Habían pasado un par de semanas y, en ese tiempo, ni siquiera me había sugerido que el asunto del día libre quedaba postergado, pero en pie. Una mirada cómplice durante nuestras charlas en la recepción me hubiera bastado, pero no había sido así. Todavía me quedé unos minutos tras mis persianas, después de que ella entró en el hotel. Cuando la marquesina se encendió, me quité de la ventana para vestirme a toda prisa. No me gusta correr, por más corta que sea la distancia, el esfuerzo me agolpa la sangre en las sienes dejándome un buen rato una pulsión caliente al interior de los oídos. Salí del departamento, bajé los tres pisos saltándome algunos escalones y crucé la avenida casi sin tomar en cuenta un auto que se acercaba haciendo parpadear los faros y tocando el claxon.

Una vez instalado en la recepción, cuando recuperé el aliento y restregaba las orejas contra los hombros, encendí la radio. La Sueca se limitó a informarme dos cosas: que, a excepción de las llaves de la habitación 24, cuya bañera se encontraba tapada, podría encontrar los demás juegos en el ascensor de servicio, y que revisara el buzón de la correspondencia porque había llegado algo para mí.

Fui primero hacia el pequeño ascensor. Junto al montón de llaves reconocí un nuevo telegrama del telegrafista, lo giré para orientar el sentido de las letras. Sentí un hueco en el pecho al ver lo que era.

TELEGRAMA
DIRECCIÓN GENERAL DE CORREOS Y TELECOMUNICACIÓN

INDICACIONES RECEPCIÓN

DESTINATARIO Y SEÑAS

TEXTO:

Hoy
Cada día libre la Sueca va a la cárcel
Hace fila La catean
Le silban Le dicen Visita al anterior
recepcionista
Comen Juegan Ríen Celda conyugal Se
despiden con ternura
Cuando llegue el Gran Terremoto
el anterior recepcionista saldrá libre
La Sueca estará esperándolo
Para que lo sepa

El telegrafista

Bagazo

ALGUIEN FINGÍA aclararse ruidosamente la garganta desde el otro lado del mostrador, yo aún tenía el telegrama en la mano. Lo guardé en el bolsillo y giré. Tres ojos vigilaban cada uno de mis movimientos. Sin haberme dado cuenta, había llegado la primera pareja de la noche. Eran dos mujeres. Una de ellas mascaba un gajo de naranja como los boxeadores mascan las guardas bucales al entrar en combate; la otra se esforzaba por drenarse el ojo derecho con un pañuelo desechable; el ojo sano se mantenía receloso a mis movimientos.

Aunque en el manual nunca leí sobre la manera en que el recepcionista debía tomar un montón de llaves y llevarlas a la recepción, lo hice con la misma delicadeza con la que pondría un racimo de uvas sobre una balanza. No me pareció grave que las amantes me hubieran esperado, pero, aun así, decidí dejarlas escoger una habitación. Ante mi propuesta, la mujer de los gajos de naranja tragó el bagazo ruidosamente y le susurró algo al oído a su compañera, luego quiso besarla tiernamente en la mejilla, pero ésta rechazó el gesto señalando su propio ojo derecho totalmente enrojecido. Tras una breve búsqueda, escogieron el primer piso, la primera puerta, y desaparecieron en las escaleras enganchadas sólo de los meñiques. Un olor cítrico quedó en el aire.

Correspondencia

Unos minutos después, rodeé el mostrador hasta el buzón, pues aún no revisaba la correspondencia. Al abrir el cerrojo, la tapa metálica dio un salto sin que yo pudiera zafar completamente el candado. Calculé los daños en mi persona, en el caso de que no fuera el recepcionista de un hotel de paso, sino un traficante de químicos peligrosos; me sentí un poco afortunado. Era evidente que la correspondencia llevaba amontonada ahí varios meses, a pesar de que el manual abunda sobre el tema en los capítulos "Ha llegado un paquete para el Gran Terremoto ¿qué debo hacer?" y en "Fronteras de la privacidad en mensajes y telegramas obscenos".

Llevé el contenido del buzón al escritorio tratando de no desparpajar los papeles. Comencé a separarlos en dos pilas: aquellos que debían ser atendidos de inmediato y los que podían irse sin escalas al incinerador. La mayoría era del segundo grupo: propaganda de los negocios cercanos al hotel, particularmente de una agencia de viajes y de un sastre que retaba a sus clientes potenciales a descubrir la unión de la tela pasando los dedos por *los zurcidos invisibles*. Como la dirección de ambos negocios era la misma, pensé que alguno había sustituido al otro en algún momento sin que el anterior recepcionista se hubiera percatado del asunto. Pensé en la Sueca, pero primero en el sastre de su barrio, luego en las medidas de el Gran Terremoto, luego en las de ella, al final la imaginaba por entero, viviendo en alguna parte de esta Ciudad, compartiendo drenaje con todos los habitantes, yo incluido, pero desde un punto indeterminado para mí.

Seguí revisando la correspondencia.

Lo que había llegado para mí, era una de esas cartas oficiales que el gobierno personaliza con la información del registro civil, y que no hace más que notificar algún asunto engorroso. El destinatario estaba violentamente tachado, y supe que ese mensaje me pertenecía, porque, a un costado de los rayones, la Sueca había escrito algo que me hizo sonreír de nuevo: El recepcionista. Dejé la carta a un lado para abrirla después. En realidad, no me interesaba el mensaje ni revisar la correspondencia atrasada; decidí que quizá lo haría después y sólo por seguir el manual o entretenerme en el asunto de la sastrería y la agencia de viajes. El teléfono sonaba de vez en cuando, en intervalos regulares, pero no contesté. Una nueva pareja llegó a la recepción, luego otra y otra se fue, así pasó la mayor parte de la noche. Lo único que hacía después de entregar las llaves era tomar la carta oficial y pasar un dedo encima de los tachones para sentir la horrenda caligrafía de la Sueca. Así pasé el rato.

Otra llamada breve

El teléfono sonó de nuevo. Era la administradora del hotel preguntando por la ocupación de esa noche. Hice un conteo estimado en la cabeza.

*Sólo quedan desocupadas
dos habitaciones. La
de ^{el} Gran Terremoto
y la 24, pero ésa tiene
la bañera tapada.*

Ajá.

La Sueca se está encargando de arreglar el desperfecto en este instante; estoy seguro de que en breve quedará listo.

Ajá.

Dije lo último sin conocimiento de causa, porque, extrañamente, no había sabido nada de la Sueca después de que me había informado del asunto de la bañera. Tras cinco *ajáes* seguidos, la administradora hizo un mutis en el que ni siquiera llegué a escuchar su respiración; entendí que la llamada no se había cortado por algunos ruidos de intemperie que sugerían vida alrededor de la administradora. Estuve atento unos segundos, hasta que volvió a hablar, esta vez arrebatada, para felicitarme por la manera en que me había mantenido firme ante las exigencias de alquilar la habitación destinada a ᵉˡ Gran Terremoto. Cuando le dije, sin rodeos, que ya sabía que siempre se trataba de su primo Javier, y que la gente que lo acompañaba era su prole, sólo me recomendó no guardar resentimientos, ni usar la palabra "siempre" tan a la ligera como lo estaba haciendo. Dijo que Javier y toda su familia eran personas respetables que sólo cumplían con su trabajo. Desvió el tema preguntándome si la correspondencia ya estaba al día, si me había enterado de la Encuesta y del nuevo billete. Mentí acerca del billete; después de ver mi nombre vandalizado por la Sueca, me había desentendido del buzón. La carta oficial descansaba cerrada en una de las esquinas del mostrador.

Espléndido. Esta llamada será breve.

Oíga, pero antes quiero saber algo...

Ya sé, nos lo preguntamos todos: ¿Cuándo llegará ᵉˡ Gran Terremoto?

No...

¿Si una sastrería local podría pagar el mismo alquiler que una agencia de viajes?

Por supuesto que no, cualquiera se da cuenta, por más bueno que sea un sastre las ganancias por un traje a la medida no se comparan con las de una luna de miel a la Isla de Pascua.

Después. Le estoy haciendo un favor, señor Pirita; otro.

Varios recepcionistas han caído en la trampa del nuevo billete y mañana despertarán en una celda.

El billete... el nuevo... ¿lo vio? ¿Cayó uno hoy? ¿No me dijo que ya estaba enterado?... La ciudad está haciendo redadas para encontrar a los posibles impostores de^{el} *Gran Terremoto. Los establecimientos que no denuncian están siendo clausurados indefinidamente.*

                        No...

                        Mi día libre.

                        ¿Cómo dice?

                        No entiendo.

                    ¿Y qué hago? El manual no dice nada sobre eso.

Déjelos entrar, y después de que se instalen llame a la policía. Hágale caso al tríptico y no se deje engañar.

¿Tiene más dudas?

Es normal. Oíga, debo irme, no sé si las líneas estén intervenidas.

Hasta que llegue.

No. Con su mejor imitador es suficiente.

Sí.

Sí.

¿Cuánto tiempo va a durar esto?

¿*El* Gran Terremoto?

Nuevo papel moneda

En cuanto colgué el teléfono, abrí la carta oficial. Por la prisa desgarré el sobre estropeando un poco la esquina de un tríptico anexo.

Se trataba del comunicado donde anunciaban la impresión del rostro de ᵉˡ Gran Terremoto en el billete de mayor denominación. Según la parte ilesa del tríptico, el nuevo papel moneda comenzaría a circular poco a poco entre la población, y aquellos que mantuvieran un parecido con el retrato impreso en el billete deberían ser reportados a las autoridades, o acudir voluntariamente a las instalaciones de Inteligencia. En una de las esquinas de la hoja estaba el número telefónico gratuito para hacer denuncias. Se daba a entender que la honestidad sería recompensada.

Examiné la imagen muestra con detenimiento. Aquel rostro parecía estar concentrado en las partículas de polvo dentro de una franja de luz, o algo similar; nada en lo que tuviera una opinión fuerte al respecto. Por otro lado, las facciones resultaban interesantes, creíbles por lo genérico. En un par de renglones se explicaba que había sido diseñado por un artista del algoritmo fenotípico a partir de los datos arrojados por la Encuesta y los concursos escolares de dibujo a la llegada de ᵉˡ Gran Terremoto; que la impresión, a cuatro tintas, se había llevado a cabo en los talleres gubernamentales y algunas especificidades más. Le di vuelta, lo miré con el rabillo del ojo y noté que, dependiendo del ángulo, el rostro de ᵉˡ Gran Terremoto se tornaba conocido de una u otra manera, aunque no se supiera exactamente de dónde. Como si te saliera al paso un espejo después de algún tiempo de no asomarte ni en un charco; o como si un buen amigo te dejara husmear en un álbum familiar anterior a su nacimiento, y entonces, sin que fuera necesario conocer a toda esa gente de las fotografías en persona, pudieras encontrar algo de tu amigo en las narices, o en las sonrisas, o en las pestañas, o en la manera de apagar velas del pastel, de despertar en el asiento trasero de un auto, de posar junto a monumentos, de enderezarse justo para ese instante, de asustarse frente a la jaula de los tigres, de lavar sus autos con manguera, de mudarse, o de recibir diplomas, almohadazos, rebanadas de sandías, un pase para gol, el asa de una canasta, las axilas de un gato, de un perro, de un bebé, de un pavo crudo, suéteres vacíos, cuellos de guitarra, orejas de tazas, lomos de almanaques, de novias, de su abuela y de su abuelo, de sus tías y su padre niño, su madre estudiante, novia, convaleciente de una cesárea, justo antes de que la enfermera le entregara a ese amigo tuyo, o de cualquiera, no importa, todo el mundo en el lado principal de un billete, según mi percepción de esa noche.

 Traté de recordar a las parejas que habían llegado hasta ese momento. El retrato del nuevo billete parecía el ancestro en común de algunos, si no es que de la mayoría. Se me revolvió el estómago cuando alguien entró a la recepción sonando un silbato; pensé que era el inicio de una redada, pero sólo era la Sueca con los últimos cachivaches que había rescatado del incinerador. Al verme, desinfló las mejillas y sonrió con el silbato entre los dientes. Me gustó mucho. Guardó en el mandil la hoja del periódico donde, seguramente, había un crucigrama y preguntó qué me pasaba. La preocupación en su voz ronca se sintió como una caricia, y le conté exagerando, un poco, algunas partes. Al final, se soltó a reír con ganas, y me dijo que la cosa era sencilla de resolver, que ella estaba al tanto de lo del nuevo billete. Me iba a ayudar haciendo el censo en las habitaciones, y que regresaría en un par de horas y me daría una lista pormenorizada para presentarla en caso de una redada policiaca.

No tardó más que un par de horas, y ni siquiera fue a entregarme la lista personalmente. Optó por usar el pequeño ascensor de servicio. Pensé que era razonable porque en ningún momento dejaron de llegar e irse parejas. En la parte superior de la hoja había puesto "[El] Mejor Imitador de [el] G. T.".

El Mejor Imitador de el G. T.

Habitación #2: El Mejor Imitador de el Gran Terremoto, si éste tuviera bigote ralo.
Habitación #5: El Mejor Imitador de el Gran Terremoto, si éste fuera una mujer.
Habitación #8: El Mejor Imitador de el Gran Terremoto, si éste fuera un adulto con voz grave al que le costara pronunciar las erres.
Habitación #11: El Mejor Imitador de el Gran Terremoto, si éste fuera una veterinaria experta en apaciguar el celo felino con los pulgares.
Habitación #12: El Mejor Imitador de el Gran Terremoto, si éste fuera una preciosa extranjera pasando la noche antes de dejar esta Ciudad para siempre.
Habitación #13: El Mejor Imitador de el Gran Terremoto, si éste no supiera andar en bicicleta.
Habitación #13 (otra vez): El Mejor Imitador de el Gran Terremoto, si éste acostumbrara visitar a sus hijos sólo para decirles que aún ama a su madre.
Habitación #21: El Mejor Imitador de el Gran Terremoto, si éste hubiera sobrevivido a una tortura traicionando a sus amigos.
Habitación #22: El Mejor Imitador de el Gran Terremoto, si éste tuviera cara de evasor fiscal desde la adolescencia.
Habitación #22 (otra vez): El Mejor Imitador de el Gran Terremoto, si éste fuera una mujer retrógnata.
Habitación #28: El Mejor Imitador de el Gran Terremoto, si éste usara lentes de culo de botella sólo por temerle a la cirugía láser.

Habitación #32: ᴱˡ Mejor Imitador de ᵉˡ Gran Terremoto, si éste desviara la mirada de forma autoincriminante.

Habitación #32 (otra vez): ᴱˡ Mejor Imitador de ᵉˡ Gran Terremoto, si éste volcara los vasos para no seguir bebiendo.

Habitación #32 (otra vez): ᴱˡ Mejor Imitador de ᵉˡ Gran Terremoto, si éste respondiera demasiado rápido cuando se le pregunta si todo está bien.

Habitación #33: ᴱˡ Mejor Imitador de ᵉˡ Gran Terremoto, si éste fuera una muchacha acostumbrada a cortarse las uñas de los pies mientras lee, y dice que suele entregar el libro al dueño sin preocuparse de sacudir las páginas.

Habitación #2 (otra vez): ᴱˡ Mejor Mejor Imitador de ᵉˡ Gran Terremoto. Es idéntico al del billete y, aunque admite tener un hermano gemelo, asegura que éste sufrió, hace cinco años, un choque aparatoso por el cual tuvieron que reconstruirle la nariz, y que, aunque respira a la perfección, su nariz no es la misma de antes, por lo que ahora los gemelos son cien por ciento distinguibles para sus padres y para cualquiera que los vea. Si el hermano estuviera hospedado en este momento aquí, sin duda tendríamos un empate en quién sería ᵉˡ Mejor Imitador de ᵉˡ Gran Terremoto, sí y sólo sí el hermano gemelo no se hubiera pasado un alto, hace cinco años, intentando seguirle el paso a una ambulancia.

Llama a la policía.

Un beso.

Conmutador

Gracias por comunicarse a la línea de atención ciudadana para la correcta recepción de ᵉˡ Gran Terremoto. Nuestro menú ha cambiado tras los resultados de la Encuesta. Por favor escuche las nuevas opciones y escoja la que requiera: Si ᵉˡ Gran Terremoto ha llegado a su vivienda, marque de inmediato uno. Si cree que ha visto a ᵉˡ Gran Terremoto, marque dos. Si es usted ᵉˡ Gran Terremoto, marque tres. Si requiere información sobre la zona de simulacros que le corresponde, marque cuatro. Si quiere grabar un mensaje para ᵉˡ Gran Terremoto, marque cinco. Si usted viene del extranjero y necesita información detallada sobre sus obligaciones durante la llegada de ᵉˡ Gran Terremoto, marque seis. *For English, press seven*. Si desea denunciar de manera anónima a un impuntual, marque ocho. Si quiere tratar algún asunto sobre la emisión del nuevo billete, marque nueve. Para volver a escuchar este menú, marque gato. Si requiere atención personalizada de alguno de nuestros operadores, espere en la línea.

Ha seleccionado la opción "Asuntos acerca de la emisión del nuevo billete". Le recordamos que la ley pena hasta con siete años de prisión a quien no reconozca el nuevo billete como moneda de uso corriente en cualquier transacción entre particulares o empresas. Si usted no ha recibido la información oficial del nuevo billete, marque uno. Para aclaraciones sobre los materiales usados en la fabricación del billete, marque dos. Si usted imparte la materia de Historia, según los planes de educación vigentes en esta Ciudad, y no ha recibido la réplica no negociable correspondiente al nuevo billete, marque tres. Para apoyar incondicionalmente la candidatura del nuevo billete como el papel moneda en activo más hermoso del mundo, marque cuatro. Para asuntos relacionados al diseño del nuevo billete, marque cinco. Para…

5   "Diseño del nuevo billete". Para visitas guiadas a los talleres gubernamentales de impresión, marque uno. Si usted padece daltonismo y requiere una tabla de equivalencias de colores, marque dos. Si fue parte del grupo de pruebas ciudadano y requiere asesoramiento para homologar su sorpresa con la de los vecinos, marque tres. Para lo concerniente al retrato de el Gran Terremoto, marque cuatro. Si…

---

4   Opción cuatro. "Retrato de el Gran Terremoto": Si usted es el autor del retrato de el Gran Terremoto, marque uno. Para conocer a fondo la técnica usada por el autor del retrato de el Gran Terremoto, marque dos. Para comentarios y otros asuntos alrededor del retrato de el Gran Terremoto, marque tres. Si…

---

3   Opción tres. Si usted quiere grabar un mensaje de felicitación al autor del retrato de el Gran Terremoto, marque uno. Si considera que el retrato no guarda parentesco cercano con el Gran Terremoto, marque dos. Si conoce a alguien parecido a el Gran Terremoto, marque tres. Para solicitar una entrevist…

---

3   Opción tres. "Parecido con el Gran Terremoto". Si desea información acerca de los porcentajes aceptables para determinar el parecido de alguna persona con el Gran Terremoto, marque uno. Si ya cuenta con la información anterior y desea brindar datos exactos para localizar a un ciudadano coincidente, marque dos. En caso de…

---

2   Espere en la línea, su llamada está siendo transferida.

Redada

Fue breve, violenta y precisa. Antes de que yo pudiera darme cuenta, un comando de Fuerzas Especiales encapsulaba a las personas que la Sueca había estigmatizado como ˡᵒˢ Mejores Imitadores de ᵉˡ Gran Terremoto, y las conducía a la salida, donde una camioneta rotulada con la publicidad de una sastrería esperaba con motor encendido.

Una vez que la camioneta se había ido, la gente que se había quedado salió del hotel; callados, con los ojos pegados al piso. Estimé que no había nadie en las habitaciones, quizá algunos policías. Tomé la radio y llamé a la Sueca una vez, dos, tres veces sin que me respondiera. Pasaron algunos minutos y un telegrama bajó por el ascensor de servicio.

TELEGRAMA

DIRECCIÓN GENERAL DE CORREOS Y TELECOMUNICACIÓN

INDICACIONES RECEPCIÓN

DESTINATARIO Y SEÑAS

TEXTO:

Hoy

Busque de inmediato a la Sueca 2° Piso

El telegrafista

Segundo piso

Tomé la llave maestra y llamé al elevador. En cuanto se abrieron las puertas en el segundo piso, vi que había un reguero de sábanas, zapatos y demás objetos que se extendía a lo largo de la alfombra. Algunas luces titilaban. Por su parte, las puertas de las habitaciones estaban abiertas de par en par, y en algunos casos colgaban de una sola bisagra, como las personas que reciben mensajes cuando el tren ya está en marcha.

Entré en una de las habitaciones de la derecha y me encontré con un orden que me pareció frágil; dándome la espalda, un policía doblaba cuidadosamente la banda de bienvenida a ^{el} Gran Terremoto sobre la cama. Me incomodé por la escena y salí de nuevo al pasillo. Cuando me alejaba escuché la voz del policía, me pedía que no me fuera sin antes abrir el grifo del agua caliente porque debía rasurarse para la ocasión.

No regresé.

Preferí revisar las habitaciones contiguas. En ninguna había señales de la Sueca. La llamé, por la radio y a los gritos. Comencé a trotar por los pasillos, aunque lo odio; después de unos minutos me perdí en las vueltas del hotel, muchos de los números de las habitaciones habían sido arrancados, o cambiados caprichosamente. Algunas puertas ya no estaban abiertas como al principio, y debía tocar antes de intentar abrir. Por supuesto nadie contestaba.

Me sentía mareado cuando reconocía un lugar donde ya había estado, o me parecía haber estado, por ejemplo, en la habitación de el Gran Terremoto. El policía ya no estaba dentro, sino que se había acostado en la entrada. Me dejó entrar en cada ocasión que se lo pedí, pero se negó a ayudarme en la búsqueda. Decía que no podía alejarse de su posición por órdenes directas de sus altos mandos, yo le agradecía sus buenas intenciones, pero sospechaba que se estaba vengando por no haber regresado aquella primera vez para abrir el agua caliente. Incluso me dio la impresión de que se recargaba en puertas distintas para confundirme.

Después de un rato, estuve seguro de que había estado en todas las habitaciones del segundo piso. Dudé en extender la búsqueda hacia los otros lugares del hotel, pero en una de las veces que encendí la radio para llamar a la Sueca, por enésima vez, me había parecido haber escuchado su risa. Me hallaba a muy poca distancia del policía del agua caliente, y me pareció que él también había escuchado lo que yo, por lo que dijo:

¿Escuchó la risa?

Sí, la escuché.

Decidí dar otra vuelta en los pasillos antes de rendirme. Avancé lento, arrastrando los pasos en la alfombra, pero peiné los pasillos de tal modo que esa última búsqueda me dejara satisfecho. Tenía sed, pero ya no quería beber de los grifos de las habitaciones. Busqué al policía para despedirme. No estaba por ningún lado, pensé que su turno había terminado y que afuera estaría por amanecer. Cuando me dirigía a las escaleras escuché la risa ahogada de la Sueca, muy cerca de mí. Di la vuelta y pegué la oreja a la puerta de donde me había hecho a la idea de haber escuchado la risa. Escuché más ruidos, pero había escuchado ruidos en otras puertas durante esa noche. Aun así decidí entrar. A pesar de que la cerradura cedió con suavidad no pude abrir, parecía haber un lastre del otro lado. Empujé con esfuerzo y logré pasar sumiendo el vientre. Perdí el aire un segundo.

Fuera de su lugar habitual, a unos pasos de la entrada, estaba un ropero con espejos ovalados en sus puertas. Alguien estaba detrás, sacudiéndolo. O, mejor dicho, alguien estaba parado en medio de las puertas abiertas, y sólo era posible ver sus zapatos, lo demás era mi reflejo acercándose. Por la manera en que el mueble se tambaleaba, parecía que a esa persona le costaba remover algo del fondo. Me acerqué lentamente hasta que distinguí con nitidez mi reflejo. Me negué a aceptar que yo fuera ese hombre desgreñado e incapaz de contener el temblor de los labios.

Me asomé por detrás de la puerta del ropero y vi el momento exacto en que la Sueca acomodaba la cabeza del policía del agua caliente, parecía estar muerto o totalmente inconsciente. *Está dormido*, me aclaró la Sueca, como si leyera mis pensamientos. *Se lo merecía, ha pasado una noche tan larga.* Después me preguntó qué hacía ahí, que si no me preocupaba la recepción. Contesté que no quedaba nadie después de la redada. Le pregunté por qué no había contestado. Aunque no era mi intención, por algún motivo susurraba. Me acarició la nuca y la cara en un mismo movimiento, me sentí áspero y sucio debajo de su mano. Me dijo que estaba exhausta, que después veríamos. Bostezó tan cerca de mi cara que pude oler su aliento, estaba un poco ácido. Lo inhalé todo. Luego se fue a la cama. Me propuso dormir un rato. Acepté siguiéndola, antes atranqué la puerta del ropero con una pata de silla que había por ahí. Mientras dejaba mis pantalones doblados en una silla escuché los ronquidos de la Sueca. Una vez que estuve a su lado, el sueño comenzó a apoderarse de mí. Nos abrazamos un rato, o yo a ella; cuando amagaba con separarse yo separaba mi nariz de su nuca. En dos ocasiones me despertaron los movimientos del policía adentro del ropero.

Día libre

Me despertó la voz de la administradora por la radio. El sonido venía de uno de los bolsillos del pantalón. La Sueca ya no estaba a mi lado y del ropero salían los ruidos habituales de un policía que duerme. Hacía frío.

Cuando le contesté a la administradora del hotel me dijo que iba en camino, que la esperara, que tenía algo importante que decirme, que estaba tan cerca que yo no podría creer lo cerca que estaba. Le creí; esos aparatos tienen la onda limitada a dos kilómetros. Me vestí para ir a la recepción. Sentía los ojos pesados y metí las manos en las axilas para quitarme el entumecimiento de los dedos.

De camino, vi algunos grupos de personas haciendo lo que me pareció eran reparaciones al hotel; cuando llegué al mostrador un joven con chaleco safari y sombrero Sarakof me impidió sentarme en mi silla, o verificar el número de llaves en la gaveta. Se limitó a señalar una silla de la sala de espera advirtiéndome que me estaba prohibido mover cualquier cosa de su lugar. Obedecí.

Después de media hora sonó el timbre del elevador. Pensé que era la Sueca, pero me equivoqué. De las puertas salió la administradora del hotel poniéndose un arete. Estaba más ojerosa que de costumbre.

Señor Pirita, qué bueno que lo encuentro. Venga conmigo, deje trabajar en paz a estas personas.

Estaba revisando los destrozos en el hotel. La policía dejó inservible el segundo piso.

Sí. Ya también me di una vuelta... Qué bueno que saca eso al tema. ¿Recuerda lo de su día libre?

Sí. ¿Cuándo es?

Hoy. Y mañana y pasado y los días que sigan. Está despedido.

¿Disculpe?

El gobierno de esta Ciudad tomó al ciudadano coincidente como si fuera ^{el} Gran Terremoto. El verdadero.

Pero no es.

Pues no les importa.

¿Y ahora?

Como ve, ya están convirtiendo este hotel en un museo por ser el sitio donde llegó ^{el} Gran

Terremoto. Y ya no van
a ser necesarios sus
servicios, señor Pirita.
Usted es libre de hacer
lo que le plazca.

                                  Pero no es ^{el} Gran
                                      Terremoto.

No se meta en más problemas. Si el ciudadano coincidente lo aceptó, ¿por qué usted no? Váyase que en unas horas sonarán por última vez las alarmas del simulacro. Van a presentar a ^{el} Gran Terremoto.

                                ¿Dónde está la Sueca?

¿Quién?

                                Enriqueta, la camarera.

También la despedí en cuanto bajó. Llamó un taxi y se largó. Llevaba prisa.

                                          ¿A dónde?

No sé.

                                      ¿Y qué hago yo?

Entregarme la radio y recoger sus pertenencias. Cruzar la calle y entrar a su casa. Dormir un poco. Haga lo que quiera. Aquí está su liquidación. ¿Prefiere un billete de los nuevos, o muchos de menor denominación?

¿De quién?

Suba si quiere, pero le advierto que allá arriba sólo hay un telégrafo que no estoy segura de que sirva.

Vaya, pues, a ver; sólo no le estorbe a la gente que trabaja.

¿Puedo subir a despedirme del telegrafista?

Del telegrafista.

No es posible.

Subí por la escalera porque ya no me dejaron utilizar el ascensor. La cerradura de la covacha había sido forzada y no ofreció resistencia. Adentro, nada sugería que un telegrafista, o nadie, hubiera vivido ahí de manera regular, o por lo menos desde hacía tiempo. Había un telégrafo, pero ni siquiera pude acercarme lo suficiente como para saber si servía. Otra persona vestida con un chaleco safari y sombrero Sarakof se encontraba llenando un formato. Cuando terminó, despegó un código de barras de la hoja y se la pegó en una esquina al telégrafo.

De vuelta en el departamento

Me costó trabajo llegar a mi edificio desde el hotel. La calle estaba abarrotada y en varias ocasiones tuve que fingir arcadas para que la gente, alarmada por la promesa de mi vómito, me abriera paso.

En el edificio la cosa no era distinta. Una fila interminable comenzaba en la puerta de la calle, recorría las escaleras, entraba a los departamentos y salía lentamente por las ventanas, como un ciempiés atrapado en un hormiguero. La gente protestaba para que yo hiciera fila, como todos. Las primeras veces me justificaba diciendo que yo vivía en el último piso, después sólo fingía tener ganas de vomitar y la cosa se arreglaba.

Llegué exhausto a mi departamento. La fila se detenía en mi puerta y alguien organizaba la entrada y la salida. Era el mozo del café de chinos. Me salió al paso cuando quise meterme. Me dijo que si no era el dueño del sobre que sostenía en la mano, tenía que hacer fila como las demás personas, si es que quería ver la llegada de el Gran Terremoto desde una de las ventanas del departamento.

¿Qué sobre?

Este, señor.

Reconocí uno de los sobres en los que me llegaban los telegramas al hotel. Es mío. Soy yo. Es para mí. ¿Quién te lo dio?

El mozo dijo que una mujer lo había pasado a dejar en las primeras horas de la mañana junto con la promesa de que quien lo recibiera pagaría un billete de los nuevos. Que sólo una persona en esta Ciudad pagaría por ese sobre. El mozo había estado ahí toda la mañana preguntándole a la gente que entraba si les interesaba el sobre. Nadie había querido pagar. No le aclaré que yo vivía ahí. Saqué el billete que me había dado la administradora del hotel y se lo puse en la mano al mozo. Antes de darme el sobre sacó el tríptico informativo, revisó concienzudamente el billete y sonrió.

Guardé el sobre y entré al departamento. A pesar de que afuera había mucha gente, al interior se podía caminar con cierta soltura. Mi despensa y refrigerador habían sido vaciados y algunas personas se daban a la tarea de ampliar las ventanas o hacer huecos en las paredes que daban a la avenida principal. Fui a mi cuarto.

La puerta y la cama estaban puenteadas por un camino de ropa. En la orilla del colchón, una joven pedía que le sujetaran el brasier pero nadie se decidía a ayudarla. Se paró a probar suerte con los que estaban apostados en la ventana. En un rincón opuesto de la cama, un hombre leía el periódico, sostenía un cigarro sin prender entre los labios, estaba acostado en el estómago de otro. Le pedí que leyera en voz alta la nota acerca de la llegada de ^(el) Gran Terremoto, también que se quitara los zapatos para no seguir estropeando las sábanas. Sólo accedió a lo primero.

Esta noche, ᴱᴸGran Terremoto

Esta Ciudad. No habrá temporada de *Simulacros* para el próximo año, "ni para ningún otro". Así, categórico y sin detenerse, lo afirmó hace unos minutos Rafael Rafael Rafael Jr., contralor general de la Federación del Entretenimiento Nocturno, después de cuestionarle las medidas que tomará el órgano a su cargo tras hacerse oficial la llegada de ᵉˡGran Terremoto esta noche. Sin agregar más detalles a la declaración, continuó su camino entre los reporteros, sus cámaras y sus paraguas; un grupo de uniformados le abrió paso hasta que pudo abordar un auto que ya lo esperaba con la portezuela abierta y el motor en marcha. Se sabe que algunos colegas lograron colarse al vehículo antes de que arrancara y que otros lo persiguieron unos metros preguntando cosas a los cristales polarizados. Hasta el momento no ha habido más declaraciones al respecto.

Y es que una vez que trascendió la llegada de ᵉˡGran Terremoto a uno de los hoteles de paso al sur de esta Ciudad, el gobierno ha dado a conocer una cascada de decisiones que no han sido del agrado de la ciudadanía, según los primeros muestreos de las casas encuestadoras. Sin embargo, la medida de eliminar la tradición de los simulacros de un plumazo levanta especial revuelo pues resulta controversial para algunos. Lo cierto es que se suma a la cascada de decisiones inexplicables, pues es una de las tradiciones más añejas de esta Ciudad, y, más aún: representa una derrama económica importante por distintos rubros vinculados al turismo ya que rescata, año con año, el 3.54% del presupuesto total, según datos del Banco Central.

En medio del barullo generalizado surge una pregunta que nadie se había hecho, y no sólo incumbe a las familias de bailarines y sopranos, sino también las de vestuaristas, sepultureros, reporteros, me incluyo, camaristas, pavimentadores, desbulladores de ostras, bibliotecarios, estadistas, acupunturistas o de cualquier otro oficio y profesión ejercido en esta Ciudad: llegó, esta noche, el Gran Terremoto. ¿Y ahora qué?

Este reportero tampoco lo sabe, la verdad es que jamás habíamos llegado tan lejos.

Último telegrama

TELEGRAMA
DIRECCIÓN GENERAL DE CORREOS
Y TELECOMUNICACIÓN

INDICACIONES
RECEPCIÓN

Hoy
Tienen razón Esperar la llegada de el
G.T. una noche interminable de insomnio Preferible esperar en casa que en
un hotel de mala muerte La mujer que
durmió ayer a tu lado escucha entre
sueños lo mismo que tú Todos lo hacemos Te lo diría en el día libre Desayuno Pan francés café y huevos "Soñé
que por fin venía el Gran Terremoto,
entraba por la ventana y se metía a
bailar, luego se iba pero salía por la
puerta" Por fin amanecerá para ti
Para mí también Buena suerte, querido
No me busques Un beso

Sueca

Fui al baño cuando se desocupó. Un griterío subía desde la calle y contagiaba a la gente en el departamento. Antes de abrir la regadera releí el telegrama. La última llamada de bienvenida a [el] Gran Terremoto retumbó por todos lados y nada más se escuchó a partir de ese instante.

Índice

i.

¿Desde cuándo le importa la llegada de [el] Gran Terremoto a esta Ciudad?	13
Papel moneda, réplica no negociable	15
¿Habla [la] Posteridad?	19
Cíclope	21
Croquis	25
"Prólogo", en *Manual de procedimientos para la llegada de [el] Gran Terremoto del Gremio Ciudadano de Alojamiento Nocturno*	27
Llamada breve	29
Paraguas	31
Segunda entrevista de trabajo	33
Concursos escolares de dibujo	39
Gente que asegura haber visto a [el] Gran Terremoto. Anexo del manual	41
Manual de procedimientos	47

ii.

Versiones	51
El primer telegrama del telegrafista	55

Sobre la existencia de los impuntuales 57
Otra vez, la Encuesta 59
Encuesta 63
Correspondencia dirigida a ^{el} Gran 67
Terremoto (repetición)
Enriqueta 71
Sueca 77
Altar 83
La encuestadora se queda sin trabajo 87

iii.

Crucigrama 93
Juanas y Juanes Pérez 97
Una de esas noches 99
Bagazo 103
Correspondencia 105
Otra llamada breve 107
Nuevo papel moneda 111
^{El} Mejor Imitador de ^{el} G.T. 115
Conmutador 117
Redada 119
Segundo piso 121
Día libre 125
De vuelta en el departamento 129
Esta noche, ^{el} Gran Terremoto 133
Último telegrama 135

Esta noche, el Gran Terremoto
se terminó de imprimir y encuadernar
el mes de septiembre de 2018, en los talleres
de imagen**es** creación impresa, ubicados en
Oriente 241-A, núm. 28bis, col. Agrícola Oriental,
08500, del. Iztacalco, Ciudad de México,
una ciudad a la espera de lo inminente.